KB272256

상처가 나를 살게 했다

상처가 나를 살게 했다

정영자 장편소설

I'm

차례

1장
청보리밭의 비밀

보리밭의 불청객

청보리가 이삭을 올리고 종달새가 지지배배 하늘을 나는 어느 봄날, 사라보다 큰 남자아이가 중절모자를 쓰고 하얀 바지저고리에 하얀 고무신을 신은 선비의 손을 잡고 걸어가고 있었다.

"아부지 손은 참 커요. 나도 아부지하고 같이 살고 싶어요."

용재는 연신 선비를 쳐다보며 마음껏 재롱을 부리고 있었다. 무명 치마저고리를 입고 가슴엔 광목 손수건을 핀으로 꽂은 채 학교를 다녀오다 그 모습을 본 사라는 본능적으로 알 수 없는 분노를 느꼈다. 처음 보는 남자아이가 자기 아버지를 보고 정답게 손을 잡고 걸으며 "아부지요, 아부지요" 하는 것이 어이가 없었다.

사라는 쏜살같이 달려가 용재를 밀치고 선비의 손을 순식간에 낚아챘다.

“야, 이 종내기야. 울 아부지다. 니가 뭔데 울 아부지를 느그 아부지라 하냐?”

용재도 질세라 잽싸게 머리카락을 잡고 사정없이 보리밭으로 사라를 패대기쳤다.

“야! 이 가시나야. 울 아부지다.”

자신의 키 높이만큼의 언덕배기 보리밭으로 떨어진 사라는 힘으로 이길 수 없다는 것을 알고 헝클어진 머리카락을 한 채 집으로 뛰어들어갔다.

“엄마, 엄마!”

사라는 아주 큰일이 벌어졌다고 알리고 싶었고, 엄마의 응원도 받고 싶었다. 군위댁은 부엌에서 저녁밥을 짓느라 불을 때고 있었다.

“엄마, 엄마! 어떤 종내기가 울 아부지를 즈그 아부지래.”

사라는 분하고 또 분해서 흐느껴 울었다. 아버지를 뺏긴 분노가 하늘로 치솟았고, 떨어져 아픈 건 느낄 새도 없었다.

큰 가마솥에 저녁밥을 짓고 있던 군위댁은 한동안 아무 말이 없었다. 그러다 눈가에 눈물을 비치며 말했다.

“갸도 즈그 아부지 맞데이.”

이해할 수 없는 동생이 하나 생겼다는 것인데 어린 사라는 도무지 이해가 되지 않았다. 어떻게 갑자기 자기보다 큰 남동생이 생긴 걸까. 용재는 사라보다 한 뼘이나 키가 컸다. 군위댁은 어린 사라를 설

득할 명분을 찾는 듯했지만 마뜩치 않은 눈치였다.

불청객처럼 들이닥친 가족의 비밀은 어린 사라의 평온했던 세계를 단숨에 무너뜨렸다. 아버지를 누군가와 나눠 가져야 한다는 사실은 억울했고, 그 억울함은 어린 마음속에서 오래 가라앉지 않았다. 밤이 되어도 마음은 쉬이 진정되지 않았고, 세상은 전보다 어딘가 낯설고 불안한 곳이 되어버린 듯했다.

그러고 나서 얼마 지나지 않아 의성댁과 용재는 선비의 서당으로 이주해 왔다. 본댁과 의성댁이 사는 집은 직선거리로 100여 미터밖에 떨어져 있지 않았다. 가까운 거리였지만 사라에게 그 집은 멀고도 낯선 세계처럼 느껴졌다.

어느 새벽이었다. 사라는 저녁에 무엇을 잘못 먹었는지 갑자기 변이 마려워졌다. 하늘에는 별이 총총했고, 바람은 으스스하게 불었다. 화장실에 가야 했지만 선뜻 발이 떨어지지 않았다. 언니에게서 들은 괴담이 자꾸 떠올라 무서움이 더 밀려왔다.

그러나 배는 꼬르륵거리며 더는 참지 못할 태세였다. 밖으로 나가지 않으면 바지에 똥을 싸 버릴 것만 같았다. 빨간 주머니를 줄까, 파란 주머니를 줄까. 하나를 고르면 괴물이 나온다던 괴담조차 끝내 사라의 배변 신호를 막지는 못했다.

하는 수 없이 외투를 걸치고 방문을 밀어 툇마루를 지나 뚝담으로 내려왔다. 달도 밝고 별빛도 총총했지만 두려움은 여전히 몰려왔다.

두 다리를 꼬며 아랫채 소마굿간 옆에 위치한 통시를 향해 가는데 가슴이 철렁 내려앉았다. 하얀 옷을 입은 물체가 담벼락에 붙어 있지 않은가. 정말 귀신이 나타난 것일까. 사라는 소리를 지르며 엄마를 불렀는데 그 자리에 바로 엄마가 서 있었다. 군위댁도 사라도 서로 크게 놀랐다.

군위댁은 밤중에 나와 화장실 담벼락에 붙어 100여 미터 떨어져 있는 작은집을 쳐다보고 있었다. 담벼락이 약간 높아서 발치에 디딤돌을 엎어 두고도 까치발을 하고 담벼락 너머 작은댁에 있을 남편을 원망하며 기다리고 있었던 것이다. 아마 그녀는 여러 번 해 본 일이었을 것이다.

선비는 의성댁을 서당으로 이주시킨 후 밤에는 늘 의성댁 처소에서 밤을 보내고 왔다. 선비는 독자였다. 선비의 아버지는 아들 사랑이 지극하여 송기 선생이라는 한학자를 찾아 의성에서 화산으로 이주를 했다. 선비는 한학을 오래 해서 사서삼경에 능통했고, 송기 선생의 수제자 노릇을 한 것 같았다. 초가삼간 바로 옆에는 다랑이 논이 서너 마지기 펼쳐져 있었고, 그 아래 개울을 지나면 선비가 글을 읽으며 지내는 서당이 있었다. 농한기에는 동네 아이들이 모두 그곳에 모여 천자문을 읽었고, 그것을 떼면 사서삼경도 읽었다. 사라는 늘 글 읽는 소리를 들으며 자랐고, 동네에서는 훈장님 딸이라고 많은 사랑을 받으며 자랐다.

의성댁과 용재가 서당 한켠에 자리를 잡은 뒤부터 선비는 밤마다 그 여인의 처소를 찾았다. 저녁 해가 기울고 아이들이 잠들면 그는 군위댁 곁을 떠나 슬그머니 서당으로 건너갔고, 밤을 그곳에서 보낸 뒤 새벽녘이 되어서야 본댁으로 돌아왔다.

그 여인은 인상이 별로 좋지 않았다. 광대뼈가 툭 튀어나오고 이는 뻐드렁니였으며 눈은 희번떡거렸다. 생긴 것처럼 성질도 고약했다. 거기에 비해 군위댁은 여성스럽고 아담하고 조신한 성격이었다.

양반과 선비

사라 아버지는 양반 중에서도 양반 행세를 했다. 언제나 하얀 한복 바지저고리에 중절모를 쓰고, 가까운 곳에 갈 때는 닦아 놓은 하얀 고무신을 신었다. 그 흰 고무신은 언제나 군위댁이 닦아서 댓돌 위에 신기 좋게 가지런히 올려 두었다. 어쩌다 도시로 갈 때나 멀리 출타할 때는 구두를 신었다. 구두는 아이들을 시켜 닦게 했는데, 구두 닦는 당번이 되면 무척 힘이 들었다. 말표 구두약을 천 쪼가리에 고루 바르고 광이 나게 닦아야 했다. 단번에 통과되기는 무척 어려웠다. 구두에 광이 돌면 선비는 어디론가 출장을 다녀오곤 했다.

군위댁은 늘 남편 체면을 구기지 않으려는 현모양처였다. 여름이면 삼베나 모시로 옷을 해서 입혔고, 겨울이면 무명겹옷 안에 솜을 넣어 따뜻하게 입혔다. 글만 읽는 선비라 언제나 사랑채에는 손님이 들끓어 그야말로 손에 물 마를 날이 없는 삶이었다.

1대 독자였던 사라 할아버지는 아들을 애지중지 길렀고 공부만 시켰다. 군위댁은 고달픈 농사를 일꾼을 데리고 지을 수 밖에 없었다.

청보리가 누렇게 익어 마침내 타작을 하게 되었다. 마당을 빗자루로 쓸고 탈곡기며 도리깨며 다 동원했고, 올망졸망 아이들도 타작하는 데 일손을 보탰다. 마당에 널어놓은 보리는 여름 뙤약볕에 잘 마르고 있었다. 그런데 난데없는 소낙비가 많이도 내렸다. 그럴 때마다 군위댁은 아이들 이름을 남김없이 불렀다.

"순이야, 사라야, 복순아, 정용아."

아이들은 고사리손으로 보리를 담아 비를 피하려고 안간힘을 썼다. 그래도 사랑채에 있던 선비는 공자왈 맹자왈 글만 읽고 내다보지 않았다. 선비는 곧 군주였다. 세상의 험한 노동과 먹고사는 일은 모두 아내 군위댁의 몫이었다.

선비는 열일곱에 첫 아내를 맞이하고 스물아홉에 두 번째 부인을 맞이했다. 선비의 둘째부인은 결혼식만 치르고 신랑은 군대에 차출되어 갔다. 그 사이 6·25동란 참전 용사로 남편을 잃고 지냈는데, 선비와 연이 닿아 소실로 오게 되었다. 그때 본부인은 이미 1남3녀를 두었으니 칠거지악에 들 일도 없었다.

광대뼈가 튀어나오고 뻐드렁니에 눈이 희번떡한 그 여인이 어디

가 좋았는지 선비는 밤마다 둘째부인의 처소를 찾아들었고, 스물일
곱살의 본처는 독수공방을 했다. 두 지붕 한가족이 되어 선비를 나
누어 가지며 사는 삶을 살게 된 것이다.

선비의 복주머니

용재네가 서당 옆 빈방으로 이사 와 두 지붕 한가족이 어울렁더울 렁 살아가게 된 뒤로도 세월은 흘렀고, 아이들은 자꾸 태어났다. 본 부인에게서는 사라의 동생이 태어났다. 외동아들이었던 아버지에 게 네 번째 딸이 생긴 셈이니 집안에서 크게 반기는 기색은 없었다. 그래도 그 아이는 복이 많았다. 이름을 복순이라 지어서였는지 정말 복을 타고난 아이 같았다.

첫째는 늘 새옷을 입었고, 둘째는 언니 옷을 물려받아 조금 덜 낡 은 옷을 입었다. 셋째인 사라는 팔꿈치며 손목이 헤진 옷에 덧천을 대어 꿰맨 옷을 입었다. 그러나 넷째딸 복순이는 더 물려입을 옷이 없어 새옷을 입었다. 사라 눈에는 그것만으로도 복순이가 세상에서 제일 복 많은 아이처럼 보였다.

셋째딸은 선도 안 보고 데려간다는데 사라에게는 그 말보다 새옷 한 벌이 더 간절했다. 자기도 언젠가 새옷 한 번 입어 보면 소원이 없겠다고, 어린 마음은 오래도록 그런 꿈을 품고 살았다.

마침 수학여행 철이 왔다. 경주로 가는 일정이 잡히자 엄마는 여행을 가지 않으면 새옷을 사주겠다고 사라를 구슬렸다. 여행도 가고 싶고 새옷도 입고 싶었던 사라는 며칠을 두고 마음앓이를 했다. 끝내 새옷 쪽으로 마음을 기울이고는 선생님께 수학여행을 가지 못하겠다고 말씀드렸다. 말을 마치고 돌아서는데 눈시울이 뜨끈해졌다.

새옷은 파란 스탠칼라에 가슴 양쪽으로 꽃이 수놓인 스웨터와 진곤색 맞주름 기지치마 한 벌이었다. 숯불 다리미로 반듯하게 줄을 세운 그 옷은 사라가 처음으로, 그리고 마지막으로 가져본 새옷이었다. 수학여행은 놓쳤지만 새옷을 입은 발걸음만은 한동안 둥실 떠 있는 듯 가벼웠다. 누가 한 번쯤 예쁘다고 말해주면 좋으련만 사라를 눈여겨봐 주는 이는 없었다.

그럭저럭 시간이 흐르는 동안 복순이는 남동생을 얻었다. 선비는 입이 벙글어졌고 군위댁도 기가 살아났다. 아들이 뭔지 그 시절 사람들에겐 딸과는 다른 무게를 지닌 존재였다. 웃동네 영숙이네도 딸을 여덟이나 낳은 뒤 대를 잇겠다며 또 아이를 낳았고, 아홉 번째에야 아들을 얻어 동네 잔치까지 벌였을 정도였다.

그러고도 세월은 멈추지 않았다. 작은댁도 아들을 낳고, 본댁도 또 아들을 낳았다. 작은댁이 셋째를 낳자 선비는 도합 열 명의 자식을 거느리게 되었다. 사랑채에는 사람 마를 날이 없었고, 술상이 들고 나기를 반복했다.

"슬하에 자녀는 몇이나 두셨습니까"

"아, 예. 십남매입니다."

이 대화는 사랑채의 단골 인사말 같은 것이었다. 사라는 그 소리가 세상에서 제일 듣기 싫었다. 그러나 선비는 그 말을 아주 자랑스럽게 받아내곤 했다.

밤이면 작은댁으로 건너가 잠을 자고, 새벽녘이면 어김없이 본가로 돌아온 선비는 아침이면 단정히 앉아 글을 읽었다. 겉으로 보기에 그는 흠잡을 데 없는 선비였다.

아이들에게 아침은 또 다른 전쟁의 시작이었다. 부산하게 아침밥을 먹고 학교 갈 시간이 되면 방문 앞에는 줄이 늘어섰다. 학비며 용돈이며 공책값을 타내려는 아이들이 차례를 기다리고 서 있는 것이다. 가장 용기 있는 아이가 먼저 입을 열었다.

"아부지요, 공책 사야 하니더."

선비 바지 안에 숨겨둔 주머니 끈이 풀리면 한 푼을 타냈고, 한 사람이 물러서면 다음 차례가 나섰다.

"아부지요, 연필 사야 돼요."

“아부지요, 책 사야 돼요.”

열 명의 아이들이 저마다 다른 이유를 내세워 돈을 달라고 했다. 선비는 서너 명까지는 그런대로 돈을 내주다가도, 차례가 뒤로 갈수록 한숨이 깊어졌다. 돈은 점점 마르고 선비의 얼굴도 따라 일그러졌다. 그렇게 복주머니가 털리고 나면 그의 입에서는 늘 같은 소리가 흘러나왔다.

“아이구, 훈해끼라.”

그 말과 함께 하루가 시작되었다. 사라에게 아침은 늘 돈 타기 경쟁이었다. 선비의 복주머니 끈은 어지간해서는 열리는 법이 없었고, 잠잘 때 말고는 몸에서 떨어지는 법도 없었다.

그래서 설날은 더 기다려졌다. 섣달그믐날이 되면 사라네 집은 시끌벅적했다. 군위댁은 지난 장날 튀겨 온 쌀과 보리쌀을 큰 통에 담고 조청을 한 바가지 부어 골고루 버무렸다. 커다란 가마솥 뚜껑을 뒤집어 놓고 그 위에 쌀튀밥을 얇게 펴서 놋그릇 밥뚜껑으로 쓱쓱 눌러 굳힌 뒤 부엌칼로 적당한 크기로 썰어 소쿠리에 담았다. 칼과 솥뚜껑이 부딪쳐 내는 금속 소리는 이상하게도 상쾌했다. 들깨강정, 콩강정도 조금씩 만들고 식혜도 준비했다. 식혜는 시아버지와 선비, 그리고 사랑방 손님이 올 때 내는 귀한 음식이었다. 거기에 제수 음식까지 마련하느라 잔치집 같았다. 소실인 의성댁도 함께 거들었다.

열 명의 아이들은 설날만 손꼽아 기다렸다. 설빔으로 장만해 준

옷을 만지작거리며 연신 정지를 기웃거렸다. 군위댁과 의성댁은 "얘들아, 저 바깥에 나가 놀아라" 하면서도 인심 쓰듯 자투리 강정을 한 개씩 쥐여 주었다. 조기 굽는 냄새와 전 부치는 냄새가 집안 가득 퍼졌다.

하지만 사라는 명절이 와도 마음 한구석이 허전했다. 옷은 언제나 두 언니가 입다가 물려준 것이었다. 팔소매와 팔꿈치, 무릎은 군위댁이 꽁닥꽁닥 기워 주었다. 자기도 언제쯤 새옷을 입어 볼 수 있을까. 위에 언니 둘만 없었으면 얼마나 좋을까. 어린 사라는 속으로 그런 생각을 했다.

음식 장만이 거의 끝나면 연례행사처럼 목욕이 시작되었다. 소죽을 끓이던 가마솥을 깨끗이 씻어 목욕물을 데우고, 가족들은 재계라도 하듯 차례로 묵은 때를 씻어냈다. 이 목욕에도 서열이 있었다. 맨먼저 할아버지가 하고, 그다음은 선비, 그다음은 큰아들부터 아들들이 먼저 씻었다. 딸들은 큰딸부터 차례를 따랐으니 사라는 거의 마지막 순서였다. 우물물을 길어다 데운 물이라 그날은 두레박질도 몹시 힘들었다. 소죽솥은 대청마루 아래 걸려 있었고, 아궁이는 마당 아래쪽으로 오목하게 들어간 곳에 있었다. 뜨거운 물에 몸을 담그고 있어도 섣달그믐 바람은 살을 에듯 차가웠다. 겨우내 제대로 씻지 못한 탓에 손등은 터서 피가 나기 일쑤였다. 몸을 씻는 일조차 하나의 통과의례 같았다.

밤에 자면 눈썹이 희어진다는 큰언니 말에 아이들은 밤을 새울 작정을 했지만 결국 잠이 들고 말았다. 새벽녘 군위댁이 아이들을 깨우는 소리가 요란했다. 짓궂은 언니는 동생들 눈썹에 밀가루를 발라 놓고는 "애들아, 일어나 봐. 느그들 잠을 자서 눈썹이 다 세었다" 하고 놀려댔다. 군위댁이 몇 번이나 흔들어 깨울 때보다 그 말 한마디에 동생들은 벌떡 일어났다. 언니는 친절한 척 손거울까지 갖다 놓았다. 거울을 들여다본 동생들이 흐느끼기 시작하자 정월 초하룻날 울음소리를 무엇보다 싫어하던 선비가 노할까 봐 군위댁이 얼른 달래며 수습했다.

"괜찮아, 물로 씻으면 깨끗하단다."

순식간에 밀가루가 씻겨 내려가자 형제자매들은 깔깔거리며 정초를 맞았다.

새옷으로 갈아입는 형제자매도 있었지만 사라는 헌옷이나마 깨끗이 빨아 놓은 옷을 입고 설날을 맞았다. 아침 차례가 끝나면 선비는 제수 음식을 음복이라 하며 접시에 조금씩 덜어 아이들에게 한 접시씩 나누어 주었다. 그때만큼은 남녀의 차별도 적서의 차별도 없었다.

배불리 밥을 먹고 나면 세배를 올렸다. 그러나 그 순간 다시 차례가 생겼다. 선비가 의관을 정제하고 먼저 세배를 올리면 선비의 아버지는 덕담을 했다.

"올해도 건강하시고 가정도 잘 다스리시게."

그다음에는 선비가 자식들의 세배를 받았다. 아들 여섯이 절을 하고 세뱃돈을 한 푼씩 받아 가면 그제야 딸들의 차례가 돌아왔다. 사라는 셋째딸이니 아홉 번째였다. 아버지 바지 속, 손에 쥔 복주머니에 그때까지 돈이 남아 있을지, 사라는 그것만 걱정했다. 세배보다 세뱃돈이 더 간절한 나이였다.

공룡의 손과 발

배다른 형제자매 열 명이 살아가는 사라네 집은 언제나 시끌벅적했다. 작은댁 아이들은 학교를 마치고 오면 으레 아버지가 있는 집으로 건너왔다. 본부인 군위댁에게는 3남 4녀가 있었고, 둘째부인 의성댁에게는 3형제가 있었다. 오빠와 언니들의 위세도 대가족 안에서는 대단했다. 줄을 서라면 서야 했고, 엎드려 뻗치라면 뻗쳐야 했다. 사라는 워낙 소화기가 약해 먹어도 소화를 시키기가 힘들었다. 군위댁은 사라의 몸이 늘 가냘파서 바람만 불어도 날아갈 것 같다며 밖에 나가지 말라고 신신당부하곤 했다.

"저거는 손목이 삐가리 다리만 해."

사라는 그런 말을 들으며 자랐다. 형제가 열이나 되니 이리 치이고 저리 치이며 컸다. 먹는 것도 부실했고 입는 것도 변변치 않았다. 그저 굶지 않는 것만으로도 감사해야 할 형편이었다.

군위댁은 시아버지를 봉양하고, 선비 남편을 모시고, 팔자에 없이 작은댁 아이들까지 돌보아야 하는 삶을 살았다. 그녀는 난봉꾼 아버지 밑에서 자라 배불리 먹어 본 적도 없이 열아홉에 선비에게 시집왔다. 그녀의 아버지는 실컷 돌아다니다가 가끔 집에 들러 동생들을 만들어 놓고는 또 집을 나가버리곤 했다. 그 탓에 어머니는 남의 집 일을 하며 아이 넷을 키웠다. 디딜방아를 찧어 주고 보리쌀 한 바가지를 받아 오면 맏딸이던 군위댁이 큰 가마솥 부뚜막에 올라 죽을 끓여 동생들을 먹이고 돌보았다. 그때 그녀의 나이는 겨우 일곱 살이었다.

기가 센 여동생이 울며불며 늘 하던 말이 있었다.

"죽 도, 죽 도, 죽 도."

밥은 자주 먹지 못하고 죽으로 연명하던 시절, 배고픈 어린 동생이 울며 하던 소리였다. 그런 군위댁이 선비 집안으로 시집을 왔으니, 뒤주에 나락이 있고 항아리에 하얀 쌀이 담긴 모습은 그야말로 경이로운 풍경이었다. 효심 많은 군위댁은 친정 어머니와 동생들이 굶고 있을 생각에 밥이 잘 넘어가지 않았다.

신천지를 만난 듯했던 군위댁의 행복은 그러나 지극히 짧았다. 아들 하나 딸 셋을 낳고 나서 선비가 새 부인을 맞았기 때문이다. 겨우

7년을 살고 새 부인을 맞게 되었으니, 그녀의 나이 고작 스물여섯이었다.

군위댁은 일자무식이었다. 그러나 선비를 남편으로 둔 덕에 유식한 말을 곧잘 입에 올렸다. 아이들을 불러 모아 놓고는 "근묵자흑"이라 하며 친구를 가려 사귀라고 훈계했다. 아이들은 철이 들고 나서야 엄마가 글을 모른다는 사실을 알았다.

배고픔이 어떤 것인지 뼛속 깊이 알고 있던 군위댁은 잠시도 쉬지 않고 일했다. 종달새가 높이 날며 지저귀는 봄이 오면, 요강 오줌을 양철통에 담아 이고 십리길이나 되는 사래긴 밭둑으로 갔다. 그곳에 구덩이를 파고 거름처럼 부었다. 퇴비도 포대에 담아 이고 가서 뿌렸다. 그리고 강가의 살얼음이 녹고 땅이 풀리면 호박을 심었다. 밭둑은 이내 호박넝쿨로 가득 찼다.

가을이 오고 서리가 내릴 즈음이면 호박을 따 집으로 날라야 했다. 군위댁은 사라만큼이나 호리호리했다. 허리는 한 주먹 될까 말까 했고 튼실한 곳은 오직 두 손과 두 발뿐이었다. 굵직한 손마디만 보아도 얼마나 손을 많이 놀리며 살아왔는지 알 수 있었다. 그녀는 틈틈이 멧돌호박을 머리에 이고 날랐다.

날씨가 갑자기 추워지자 군위댁은 발을 동동 굴렀다. 그 많은 호박을 연약한 군위댁이 혼자 어찌 다 옮길 수 있겠는가. 군위댁은 할 수 없이 지게에 소쿠리를 얹어 호박을 좀 옮겨 달라고 선비에게 마치 죄인이라도 된 듯 굽신거리며 말했다.

"여보, 날씨가 추우면 호박이 얼어 버리니 도와주시요."

선비는 마지못해 승낙했다. 선비는 지게를 지고 사래긴 밭으로 가 호박을 실어 왔다. 지게가 선비의 몸에서 자꾸 뒤로 제껴지는 것을 보며 군위댁은 내내 마음을 졸였다. 그래도 여인보다 남정네가 한 번 다녀오는 편이 훨씬 생산적이었다. 그렇게 몇 번을 옮기고 나니 집안 곳곳에 호박이 굴러다니듯 쌓였다. 그 호박 하나하나에 군위댁의 한숨과 회한이 스며 있었다. 덜 익은 호박은 소죽솥에 소여물과 함께 넣어 소에게 먹였다. 겨울철 이웃집 소들은 털이 까칠했지만 사라네 암소는 털에 윤기가 돌았다.

봄이 가까워지는 2월 말쯤, 송아지 한 마리가 태어났다. 군위댁은 이 송아지를 얼마나 정성껏 키웠는지 우시장에 내다 파니 제값 이상을 받았다. 송아지를 몰고 우시장에 갈 때도 선비는 하얀 바지저고리에 두루마기를 걸치고 모자까지 단정히 쓰고 나섰다. 송아지는 선비의 가장 큰 수입원이었고, 그 돈으로 아이들 학비를 댔다. 군위댁이 키웠지만 권력은 선비의 몫이었다.

잘 익은 호박은 양대콩과 함께 푹 삶아 호박죽을 끓였다. 군위댁은 큰 옹기항아리 뚜껑에 퍼서 장독대에 올려 두었다가 아이들에게 먹였다. 저녁이면 놀러 오는 이웃들에게도 살얼음이 살짝 낀 호박범 벅을 내놓았는데, 그야말로 최고의 간식이자 영양식이었다.

군위댁은 암소를 자식처럼 아꼈다. 누렁이 암소는 농사를 짓는 중요한 일꾼이었고, 해마다 송아지 한 마리를 낳아 주는 큰 재산이었다. 그 송아지를 팔아 처첩이 낳은 자식들의 학비까지 대는 셈이었으니까. 물론 송아지를 판 돈은 선비의 주머니로 들어갔다. 재주는 곰이 부리고 돈은 되놈이 번다는 속담이 꼭 이런 것을 두고 하는 말 같았다.

군위댁은 꼭두새벽에 일어나 사래긴 밭의 잡초를 매고 돌아와 식구들 밥과 소죽을 한꺼번에 끓였다. 밭에서 키운 채소는 집안의 중요한 먹을거리였다. 커다란 가마솥에 호박잎이며 깻잎을 쪄 먹고, 때로는 채반에 장떡을 부쳐 식구들의 허기를 달랬다.

어느 날 선비가 지게를 메고 풀을 베러 갔다가 칡넝쿨을 베어 왔다. 그것은 천지가 개벽할 만큼 드문 일이었다. 선비가 작두를 밟고, 군위댁이 칡을 작두에 대어 주고 있는데 갑자기 비명소리가 터졌다. 군위댁의 오른쪽 엄지손가락 끝이 날아가 버린 것이다. 칡넝쿨이 걸리적거리면서 손가락이 작두에 딸려 들어간 탓이었다. 피가 위로 펑펑 솟구쳤고, 군위댁은 얼마나 아팠는지 비명을 질렀다. 급히 방으로 들어가 아까징기를 바르고 헌 메리야스를 찢어 지혈을 했다.

본처인 군위댁은 이목구비가 또렷했고, 수줍음 많은 소녀 같은 인상이었으며, 눈매에는 늘 겁먹은 기색이 어려 있었다. 키는 한 오척 오푼쯤 되었고, 허리는 스물다섯 치가 될까 말까 할 만큼 가늘었다.

입이 짧아 아무거나 잘 먹지 못하는 데다 하루 종일 노동을 하니 살이 찔 리 없었다. 게다가 스물여섯에 남편이 새 부인을 들였으니 먹는 것이 제대로 영양이 되었겠는가.

그런데 그녀의 몸 가운데 유난히 발달한 곳이 있었으니 바로 손과 발이었다. 손은 마디가 굵고 손가락이 쩍 벌어져 있었다. 그 손으로 등을 긁어 주면 가시로 긁는 듯한 느낌이 들 정도였다. 발 또한 넙적하고 튼튼했다. 온몸 가운데 오직 손과 발만이 노동에 맞게 단련되어 있었다.

군위댁은 한여름이면 길쌈도 열심히 했다. 오른쪽 다리를 걷어 올리고 삼베실을 이어 나갔다. 소쿠리 한가득 실이 쌓이면 다른 데로 옮겨 두고 또 실을 잇느라 다리의 가는 털은 모두 뽑혀 나가고 없었다. 밤이 되어 빛이 사라지는 시간 말고는 노동이 그녀의 삶이었다.

선비네 집은 소박한 초가였고, 사랑채가 따로 딸려 있었다. 사랑채 옆에는 마굿간과 디딜방앗간이 나란히 자리하고 있었다. 마당 남쪽에 떡하니 자리잡은 나무 뒤주는 거의 거의 별채처럼 보일 만큼 컸다. 선비네 뒤주는 농사 규모에 비해 유난히 커서 가을 수확을 모두 넣어도 겨우 3분의 2 정도만 찼다. 사방이 나무로 짜여 있었고, 나락을 꺼내는 문은 열두 장이나 되었다. 맨 아랫문부터 1번이 시작되는데, 순서를 바꾸면 다시 닫기가 어려워 선비는 묵을 갈아 한자로 一, 二, 三을 써 두었다. 군위댁은 일자무식이었지만 용케 그 순서를 익혀 빼고 닫는 일을 착착 해냈다. 그녀는 그 뒤주를 식구들의 생명줄처럼 여기며 아침저녁으로 살폈다.

뒤주 한켠에는 감을 따 두었다가 홍시가 되면 꺼내 아이들에게 나누어 주고, 시아버지 간식으로도 올렸다. 작은댁 아이들도 물론 챙겨 먹였다. 훗날 군위댁이 세상을 떠나자 그 아이들 가운데 하나가 "아이고 어매요, 우린 이제 누구 믿고 사능교" 하며 목놓아 울었다. 바로 곁에 제 어미인 의성댁이 서 있었는데도 그랬다.

군위댁은 늘 말했다.

"딸들은 키워 놓으면 다 남의 집 귀신이 되는데 그 아이들은 느그보다 낫다."

그게 군위댁의 지론이었다.

집은 새미산 바람이 고을로 내려오는 길목에 있어 유난히 추웠다. 거기다 옷가지도 변변치 않아 더 추웠다. 그 추위를 막으려고 선비는 오랜 세월 담을 높이 쌓아 올렸다. 남이 하면 마음에 차지 않는다며 직접 했다는 것이 오히려 신기할 정도였다. 깨알같이 써 내려간 한문처럼 담벼락은 조금씩 높아졌다. 정지에서 불을 때면 굴뚝으로 바람이 밀려 들어와 연기가 정지에 가득 찼고, 군위댁의 목은 연기에 그을려 늘 새까맣게 변했다. 바람이 덜 부는 날은 그나마 불이 잘 타 방도 따뜻하게 데워졌다.

봄은 아직 멀었는데 뒤주의 나락은 자꾸 줄어 갔고, 식구들은 많앉다. 아이 열 명에 군위댁, 의성댁, 선비, 시아버지. 막걸리를 좋아하던 시아버지까지 도합 열네 명이었다. 술을 빚는 데에도 쌀이 적잖이 들어갔다. 군위댁은 가마솥에 채반을 얹고 그 위에 삼베 보자기를 깔아 술밥을 쪘다. 아이들이 없을 때 주로 하던 일이었다.

어느 날 사라가 배가 아파 학교에서 조퇴하고 집에 돌아오니 구수한 밥 냄새가 났다. 엄마가 술밥을 쪄 항아리 뚜껑에 퍼 담고 있었다. 정지 문에 기대 서서 엄마를 바라보니 군위댁이 그릇에 한 주걱을 푹 떠 주었다. 그 맛이 얼마나 좋았는지 사라는 정신없이 퍼먹으며 행복해했다. 늘 뒤주의 나락은 쌀이 되어 할아버지 술 담그는 데 먼저 들어갔고, 밥에 들어가는 쌀은 할아버지와 아버지 몫, 그다음이 아들이었다. 딸들은 보리밥과 잡곡밥뿐이었으니 쌀밥 한 번 배불리 먹는 것이 사라의 소원이었다.

장이 좋지 않아 늘 설사를 하던 사라는 키가 자라지 못했다. 사람들은 그를 땅꼬마라 했고 땅강아지라 부르기도 했다. 군위댁은 고두밥에 누룩을 비벼 항아리에 담아 뚜껑을 덮고 아랫목에 갈무리해 두었다. 그러고는 작은 닭 한 마리를 잡아 뜨거운 물에 털을 뽑았다. 정지에는 술밥을 찌고 남은 장작불이 아직 남아 있었다. 닭 손질을 마친 군위댁은 옹기 투가리에 닭과 마늘을 넣고 아궁이 숯불 위에 올렸다. 얼마 지나지 않아 닭 익는 냄새가 정지 가득 퍼졌다.

군위댁이 사라를 불렀다. 정지로 가니 뒷방, 그러니까 골방으로 들어가라 했다. 아이들이 오면 먹을 게 없으니 너 혼자 먹으라는 것이었다. 이게 웬 떡인가 싶어 사라는 골방으로 들어가 작은 닭 한 마리를 통째로 다 먹는 행운을 누렸다. 마음이 하늘에 닿을 듯 행복했다. 뒤주의 나락은 점점 줄어들고 봄은 아직 멀었는데 그런 귀한 대접을 받고도 사라는 엄마도 함께 먹자는 말 한마디 못 한 채 혼자 다 먹어 치웠다.

아들 얼굴의 상처

바야흐로 살을 에는 듯한 겨울이었다. 옷가지가 변변치 않아 더 추웠다. 사라네 형제자매들은 좁은 방구석에만 앉아 있을 수 없어 개울가로 나가 얼음을 지치며 놀았다. 선비는 게으르기도 했고, 체면 때문에 들일을 잘하지도 않았지만 꼼꼼한 구석은 있었다. 직사각형 나무판 아래 짧은 다리를 달고, 그 밑에 굵은 철을 휘어 붙여 썰매를 만들었다. 또 동그랗게 깎은 나무 두 개 가운데에 제법 굵은 쇠를 박아 넣기도 했다. 한쪽은 뾰족하게 하고, 한쪽은 숯불에 달구어 나무 속에 집어넣었다. 나무 타는 냄새는 신기했고, 그런 일을 해내는 선비가 대단해 보이기도 했다.

그 판 위에 사람이 앉아 얼음을 지칠 때면 양손에 그 나무를 쥐고 앞으로 나아갔다. 그런 것은 늘 남자아이들 몫이었고, 그들이 내어 줄 때에야 여자아이들도 겨우 타 볼 수 있었다. 여자아이들은 대개 얼음판 위를 발로 밀며 놀았다. 온몸으로 바람이 스며들어도 마냥 즐거웠다. 손도 시리고 발도 시렸다. 낡은 고무신 밑으로 전해지는 얼음장은 차갑다 못해 발바닥에 쩍쩍 달라붙는 듯했다. 그러다 얼음 구멍에 발이라도 빠지는 날이면 발이 동태가 되어 집으로 돌아오곤 했다. 겨울이면 개울가는 최고의 놀이터였다. 얇은 얼음 아래에서 노는 송사리들도 아이들에겐 구경거리였다. 그야말로 수족관이나 다름없었다.

그해 겨울이 깊어 갈 무렵, 아이들은 개울가에서 저마다 방식으로 얼음판을 즐기고 있었다. 그때 갑자기 비명소리가 터졌다. 군위 댁의 둘째아들 용이가 넘어지며 턱 밑이 찢어진 것이다. 얼음판 위에는 핏물이 낭자했다. 귀한 대접을 받는 동생이라 사라는 말할 수 없는 불안감에 휩싸였다. 군위댁이 첫째아들을 낳고 연이어 딸 넷을 본 뒤에 얻은 아들이었으니 대접이 남달랐다. 그것도 본처의 아들이지 않은가. 용이는 황급히 집으로 돌아가 몇 바늘이나 꿰매야 하는 큰 상처를 입었다.

사라는 돌아가면 크게 혼날 것 같아서 차마 집으로 갈 수가 없었다. 동생을 제대로 데리고 놀지 못한 죄가 자기에게 덮어씌워질 것만 같았다. 종일 얼음판 위에서 놀았으니 뼛속까지 추웠다. 그렇다고 마땅히 몸을 숨길 데가 있는 것도 아니었다. 궁리 끝에 한 곳이 떠올랐다. 집 담벼락 옆으로 계단식 논이 있었는데 그 구석에 지푸라기와 낙엽을 긁어모아 몸을 웅크리고 앉으면 바람도 좀 막을 수 있을 듯했다. 집이 가까우니 덜 무서울 것 같기도 했다. 산그늘은 짙게 내려앉았고, 뒷산의 부엉이는 그날따라 더 요란하게 울어댔다.

선비는 늘 저녁이면 딸들의 머릿수를 세는 버릇이 있었다. "여자하고 바가지는 돌리면 깨진다" 하면서 누워 자는 딸들의 머릿수를 확인하고는 담벼락에서 직선거리로 100여 미터 떨어진 서당, 곧 작은댁으로 가곤 했다. 그런데 그날은 셋째가 보이지 않았다. 어디로 갔을까. 선비는 후레시를 챙겨 들고 이름을 부르며 찾으러 나섰다.

계단식 논 구석에서 밤을 새울 생각으로 웅크리고 있던 사라는 추위도 추위려니와 무서움에 울음조차 내지 못하고 있었다. 그런데 부모와 언니, 오빠가 자신을 찾아 부르는 소리가 들리자 그만 울음이 터져 버렸다.

"어엉, 엉엉, 훌쩍훌쩍…."

처음에는 안도감에 눈물이 났고, 곧이어 이제 제발 나를 데리고 가 달라는 서러움에 울음이 더 커졌다. 그래도 가족들은 사라를 찾지 못한 채 이름만 불러댔다. 마침내 선비가 외쳤다.

"나오너라. 어디 있냐? 야단치지 않을 테니 어서 나와!"

그 소리에 사라는 흐느껴 울며 몸을 일으켰다. 몸에는 지푸라기와 낙엽이 덕지덕지 붙어 있었고, 무섭고 두려운 마음에, 울고 또 운 탓에 눈은 퉁퉁 부어 있었다.

선비는 정말로 야단치지 않았다. 배에서는 꼬르륵 소리가 났지만 사라는 차마 밥 달라는 말은 못 했다. 그런데 군위댁이 동치미 국물과 된장찌개를 부엌 아궁이에 데워다 가져다주었다. 사라는 그 순간 생각했다.

'아, 정말 집이 좋다. 그리고 엄마는 최고다.'

깊은 안도의 숨을 내쉰 뒤 사라는 곤한 잠에 빠져들었다.

그렇게 겨울밤의 소동은 지나갔지만 사라의 몫으로 돌아오는 일들은 달라지지 않았다. 선비 집에서 가장 큰 재산은 논과 밭이었고, 그다음은 잘생긴 암소 한 마리였다. 아이가 열 명이나 되었지만 소를 먹이러 산에 가는 일은 늘 사라의 몫이었다. 작은댁 아이들은 본댁에 와서 놀고 밥도 먹었지만 소 먹이러 산에 가는 일만큼은 하지 않았다.

여름방학이 되면 열 가구 남짓 사는 동네가 시끌벅적해진다. 집집마다 아이들이 적어도 서넛, 많게는 일곱이나 여덟은 되었기 때문이다. 학교에서 돌아오면 군위댁이 차려 준 밥을 먹고, 동네에서 가장 높은 새미산에 올라 소에게 풀을 뜯기고 오는 것이 사라의 일이었다. 밥이라 해봐야 보리밥에 생된장, 오이와 고추를 찍어 먹는 정도였고, 겨울이면 짠지, 그러니까 김장김치가 전부였다. 아이들이 집에 돌아오면 군위댁은 오는 대로 소에게 신선한 풀을 먹이러 가라고 했다. 첫째도 둘째도 셋째도 저마다 핑계를 대며 소 먹이러 가는 일을 피했다. 넷째인 사라는 그 모습을 보고 더는 거절할 수 없었다. 엄마가 너무 불쌍했기 때문이다.

"엄마, 내가 다녀올게요."

그렇게 말하면 군위댁은 무척 기뻐했다. 그러고는 "쪼매 기달려" 하며 부엌으로 들어가 광목 베보자기에 보리개떡을 싸서 손에 들려주었다.

출발할 때는 마지못해 가는 길이었지만 새미산에 오르면 마음이 확 풀렸다. 동네 아이들이 적어도 여남은 명은 되었고, 소는 소대로 풀을 뜯고 아이들은 아이들대로 신나게 놀았다. 해그늘이 지면 그제야 소를 찾아 데리고 내려오면 되었다. 그곳에는 밭도 없고 사방에 칡넝쿨을 비롯한 좋은 풀들이 가득했다.

아이들이 주로 노는 곳은 윗대 조상부터 차례로 모신 문중 선산의 산등성이에 무덤 일곱 기가 나란히 있는 자리다. 아이들은 맨 윗무덤에서 맨 아랫무덤까지 달려가 보기도 하고, 봉분 위에서 공기놀이도 했다. 얼마나 그 위에서 뛰놀았는지 무덤 일곱 기는 거의 평평해져 있었고, 아이들은 그곳을 마당묘라 불렀다. 마당처럼 반듯하고 넓어서 붙인 이름이었다.

어느 날 사라는 해그늘이 져서 소를 찾아 집으로 돌아오려 했는데 암소가 보이지 않았다. 아무리 찾아도 보이지 않아 울면서 산을 내려왔다. 집에 와서 소를 잃어버렸다고 하니 선비와 군위댁은 야단칠 겨를도 없이 후레시를 들고 산으로 올라갔다. 동네 장정들과 서당 문하생들까지 함께 암소를 찾으러 나섰다. 사라는 너무 겁이 나 덜덜 떨고만 있었다.

밤은 깊어 갔고 소를 찾으러 간 사람들도 돌아오지 않았다. 정말 두려웠다. 군위댁과 선비에게 가장 큰 자산은 암소였다. 해마다 호박과 콩깍지 따위를 삶아 먹이며 애지중지 키운 끝에 송아지 한 마리를 낳아 주던 소였다. 논밭을 우직하게 갈아 주는 최고의 일꾼이기도 했다. 소를 찾아오든 못 찾아오든 이번에는 야단을 피할 수 없겠구나 싶었다.

밤이 깊어 몇 시간이 흐른 뒤, 암소 우는 소리와 사람들의 수군거리는 소리가 들려왔다. 새미산 정상을 넘어간 암소는 주인이 부르는 소리에 "음매" 하며 화답을 했다. 가 보니 무덤가에 서 있었다. 암소를 앞세우고 사람들이 함께 집으로 들어오는데 사라는 그만 눈물이 쏟아졌다. 너무 반가웠다.

선비와 군위댁은 다행히 야단을 치지 않았다. 전에도 소가 남의 집 콩밭에 들어가 콩을 마구 뜯어 먹어 야단을 맞은 적이 있었다. 돌보라고 맡긴 소는 제대로 보지 않고 실컷 놀다가 내려오는 사라는 그야말로 사고뭉치 목동이었다.

2장

배움이라는 출구

고진감래 성적표

가을 추수가 끝난 산골마을은 겨울 동안 큰 일은 없다. 선비는 아이들에게는 별로인 아버지였지만 고을 사람들에게는 점잖고 한학에 능통한 사람으로 인정받았다. 문맹인이 많던 시절이라 편지를 대신 써 주기도 하고, 혼례 때 주고받는 사성지, 곧 신랑이 태어난 년월일시를 적어 신부 집에 보내는 편지도 써 주었다. 결혼철이 되면 선물 보따리를 들고 와 글을 청하는 이들이 적지 않았다. 선물이라 해야 대개 소박한 것이었다. 입춘이 되면 '입춘대길 건양다경'을 써서 대문에 붙이는 일도 해마다 빠지지 않는 연례행사였다.

동네 어른들이 와서 써 달라 청하면 선비는 기꺼이 붓을 들었다. 의관을 정제하고 지필묵을 갖추어 놓고 글을 쓰는 모습은 꼭 경건한

의식을 치르는 듯했다. 선비는 붓글씨를 쓸 때 먹 가는 일은 늘 아이들을 불렀다. 한번 불려 가면 먹빛이 새까맣게 우러날 때까지 쉬지 않고 갈아야 했으니 아이들은 팔이 몹시 아팠다. 꾀 많은 아이는 "아부지, 아부지, 화장실" 하며 슬그머니 도망치기도 했다. 그러면 또 다른 아이를 불렀다. 아이가 많았으니 그 점만은 천만다행이었다.

거기다 선비는 후학을 기르는 서당까지 열어 한문을 가르쳤다. 배우는 진도가 달라 글 읽는 소리는 제각각이었고, 무릎을 꿇고 소리 내어 읽는 모습은 엄숙하기 그지없었다. 어린 사라에게 그 서당 소리는 마치 개구리 울음처럼 들렸다. 사자소학, 명심보감, 천자문을 떼고 나면 사서를 읽었다. 먼저 소리 내어 읽는 연습을 하고, 그다음에는 직접 써 보게 했다. 선비는 한지에 세필로 줄을 긋고 깨알 같은 글씨로 사서삼경을 베껴 적기도 했다. 그렇게 쓴 종이를 묶어 책으로 만들어 두곤 했다. 집 안에는 늘 선비의 담배 연기와 먹 냄새가 뒤섞여 이상야릇한 향이 감돌았다.

서당개도 삼 년이면 풍월을 읊는다더니, 날마다 먹 냄새와 붓끝 소리 속에서 살다 보니 군위댁의 입에서도 자연스레 한문 구절이 흘러나오곤 했다. 그중에서도 가장 자주 되풀이한 말은 '근묵자흑'이었다. 먹을 가까이하면 검어진다는 그 말로 군위댁은 아이들에게 사람을 가려 사귀라고 거듭 일렀다. 또 아이들이 심부름을 하다 힘들다며 칭얼거리면 '고진감래'를 들먹였다. 고생 끝에 단맛이 온다는 그 말은 고단한 삶을 견디며 하루를 건너야 했던 군위댁이 아이들에게 건네는 다짐이자 위로이기도 했다.

한 해 농사가 끝나고 농한기가 되면 온 동네, 아니 그 고을의 젊은이들이 하나둘 서당으로 모여들었다. 입학 날짜가 따로 있는 것도 아니어서 사람들은 각자 형편에 맞게 와서 글을 배웠다. 선비는 사람마다 수준에 따라 교재를 주고 가르쳤다. 그러다 먼 산에 아지랑이가 일고 봄기운이 저만치 다가오면 겨우내 서당에 모여들었던 학생들도 다시 하나둘 떠나갔다. 여러 해 서당에 다닌 사람은 새로 들어온 학생을 가르치기도 했으니 서당은 제법 알차게 굴러가고 있었다.

모두가 가난하게 살던 시절이라 따로 학비를 받지는 않았다. 대신 형편껏 보리쌀도 가져다주고, 쌀도 가져다주고, 반찬거리를 내놓기도 했다. 겨울에 서당에서 공부하려면 구들장을 덥힐 땔감도 필요했다. 그래서 학동들은 겨우내 쓸 나무를 공동으로 해 와서 서당의 겨울을 났다. 소 등에 질매를 얹고 나무를 실어 오는 일도 흔했다. 가지런히 묶은 땔감을 칡넝쿨로 동여매 소의 양쪽 질매에 매달고 몇 마리의 소가 마당으로 들어와 나무를 내려놓으면 서당은 그 나무로 겨울을 날 수 있었다. 그 나뭇단 위에 꽂힌 진달래 꽃봉오리는 마치 나비가 앉은 듯 봄을 재촉했다.

꼭두새벽, 동이 트기 전이면 선비는 본가로 돌아왔다. 두 지붕 한 살림을 사는 선비의 일상이 그러했다. 저녁이면 작은댁으로 건너갔다가 새벽이면 본가로 돌아오는 삶, 말하자면 '환지본처'였다. 그는 마치 전쟁을 앞둔 장수처럼 심기를 가다듬으며 핫바지 속 주머니 사정을 헤아렸다. 남편을 빼앗기고 홀로 밤을 지샌 군위댁도 다시 하루를 시작해야 했다. 홀시아버지를 모시고 암소 한 마리를 돌보며 자식 일곱을 건사해야 했으니 늘 바빴다.

군위댁은 일어나자마자 정지문을 삐걱 열고 가마솥에 물을 데웠다. 그 물로 시아버지 밥상에 올릴 막걸리를 걸러 내고, 다시 그 솥에 밥을 안쳤다. 잡곡이 대부분이고 쌀은 아주 조금 한가운데 얹어 뚜껑을 닫고 불을 때었다. 혹시라도 쌀이 흩어질까 조심하고 또 조심했다.

시아버지는 키가 크고 얼굴이 길었으며, 머리는 바리깡으로 밀어 스님 머리보다 조금 긴 정도였다. 선비가 하는 유일한 효도는 머리를 깎아 드리는 일이었다. 그 밖의 큰 효도라면 자손 귀한 집안에 자식을 많이 낳아 준 것 정도였다. 시아버지는 종일 곰방대에 풍년초를 채워 피우다가 심심하면 뒷동산에 묻힌 아내 산소에 가서 둘러보는 것이 하루 일과의 전부였다. 젊을 적 어디를 다쳤는지 늘 바지에 피가 묻어 나와 헝겊을 덧대어 꿰매 입히는 일도 군위댁 몫이었다.

엄동설한에도 그의 막걸리 사랑은 변함이 없었다. 밥상에는 늘 막걸리가 반주처럼 올라갔다. 그 덕에 군위댁은 밀주를 담가야 했고,

순사들이 들이닥칠까 봐 항아리를 숨기느라 마음 놓을 날이 없었다. 시아버지 상 따로, 남편 상 따로, 아이들 도시락 챙기기와 소여물 끓이기까지 군위댁은 손에 물 마를 날이 없었다.

학교 갈 시간이 되면 작은댁 아이들도 본댁으로 몰려왔다. 저마다 눈치를 보며 몸을 비비 꼬다가 용감한 아이가 먼저 입을 열었다.

"아부지요, 공책 없심더."

"아부지요, 연필 없심더."

그러면 선비는 바지 속 주머니를 꺼내 한 푼씩 내어 주며 가쁜 숨을 몰아쉬었다. 그렇게 형제들이 제 몫을 챙겨 떠나고 나면 이번에는 군위댁의 막내아들이 등교를 거부했다.

그도 그럴 것이 작은댁 의성댁의 둘째가 동갑인데도 여섯 달 먼저 태어났기 때문이다. 사람들은 "느그 쌍디도 아닌데 이상하네" 하며 놀려댔다. 의성댁 둘째는 마음씨가 선했고, 군위댁 막내아들은 성미가 좀 앙칼졌다. 그는 늘 그 형을 무시하며 "첩사이 새끼야" 하고 달려들었다. 처첩 간 싸움은 못해도 자식들 사이 다툼은 잦았다. 양보는 늘 의성댁 둘째 몫이었다. 그 아이는 지은 죄도 없이 언제나 주눅이 들어 있었고, 한글도 제대로 깨우치지 못했다.

사라에게 학교는 이런 환경 속에서 얻은 최고의 놀이터이자 탈출구였다. 2학년 때 담임선생님은 글을 쓰는 분이어서 글짓기를 열심히 지도해 주었다. 그 시절에는 한글을 제대로 못 깨우치는 아이들이 많았는데 사라는 한글도 일찍 익혔고 글짓기도 제법 잘했다.

6학년 담임은 소아마비 중증 장애를 가진 아들이 있었고, 학교 사택에서 살았다. 그 아이는 네 발로 기어 다녔다. 그래서였는지 선생님은 유난히 난폭하고 매서웠다. 안 맞아 본 아이가 없었다. 종아리를 때리면 피가 맺힐 정도였고, 심하면 뺨도 거침없이 올려붙였다.

사라는 그렇게 무사히 6학년을 마치고 통지표를 받았다.

수 수 수 우 우 우

그리고 통신문에는 이렇게 적혀 있었다.

'고추는 작아도 맵듯이 사라는 작아도 공부는 잘합니다.'

집 밖으로 난 길

선비는 본댁과 작은댁에서 모두 여섯 아들을 두었고, 위의 두 딸은 국민학교를 마치고 더는 학교에 다니지 못했다. 여자는 많이 배우면 못 쓴다는 것이 선비의 생각이었다. 아이들이 많아 형편도 넉넉지 않았으니 딸들의 배움은 늘 뒤로 밀렸다.

그런데 셋째딸 사라는 달랐다. 국민학교 6학년을 마쳤을 때 통지표에 적힌 한 줄의 말이 선비의 마음을 움직였던 모양이었다. 그 한 줄 덕분에 사라는 중학교에 진학하게 되었다. 그것은 우연처럼 찾아온 기회였고, 사라에게는 기적 같은 허락이었다. 사라는 뛸 듯이 기뻤다.

그러나 그 기쁜 날은 눈물과 함께 찾아왔다. 중학교 입학식 날, 사라의 할아버지가 세상을 떠난 것이다. 종일 곰방대에 담배를 피우고 군위댁이 차려주는 세 끼 밥상에 막걸리 한 사발을 곁들이던 할아버지였다. 아이들 눈에는 그 밥상이 늘 특별해 보였다. 김도 있고, 계란찜도 있고, 때로는 생선도 올라왔다. 눈치 빠른 형제자매들은 밥을 서둘러 먹고 건넌방으로 몰래 건너가 할아버지 밥상머리에 앉아 빤히 쳐다보곤 했다. 그러면 할아버지는 남은 밥과 반찬을 슬며시 내어주었다. 하얀 쌀밥은 부드러웠고, 김 한 조각은 혀끝에서 황홀하게 녹았다.

그런 할아버지가 하필 사라가 교복을 입고 학교에 가는 날 세상을 떠났다. 사라는 갈등했지만 끝내 이십 리가 넘는 길을 걸어 학교로 향했다. 죄스러운 마음이 없지 않았으나 그 발걸음은 또 한편으로 이상하게 가벼웠다. 작은 몸으로 아장아장 걸어가는 그 길은 사라에게 집 밖의 세상으로 이어지는 첫 길이었기 때문이다.

학교는 분교였고 전교생은 180명 남짓이었다. 여학생은 한 학년에 14명뿐이었고, 시험을 치러야 들어갈 수 있었다. 사라는 그 14명 안에 들었고, 키는 그중에서도 가장 작았다. 검정 교복에 하얀 칼라를 떼었다 붙일 수 있는 웃옷, 치마는 후레아 치마였다. 키도 작고 몸도 작아 양장점 주인은 앞으로 클 것을 생각하며 옷을 크게 지어 주었다. 하얀 칼라는 어깨까지 내려왔고, 치마 허리는 핀으로 고정해야 했다. 그래도 좋았다. 언니들에게 물려받은 헌옷이 아니라 처음으로 맞춰 입은 새옷이었기 때문이다.

사라가 그렇게 교복을 입고 집 밖으로 걸어 나갈 수 있었던 것은 어쩌면 집 안의 숨막히는 질서 때문이기도 했다. 산골에서 태어나 자란 사라에게 세상은 산과 하늘, 그리고 그 속에 깃든 생명들이 전부였다. 가끔 아랫마을에 가설극장이 들어오는 날이면 온 동네가 들썩였지만 선비네 딸들에게는 그마저도 허락되지 않았다.

"여자와 바가지는 돌리면 새거나 깨진다."

선비는 그렇게 말하며 딸들의 바깥출입을 막았다. 그러나 마음까지 막을 수는 없었다. 그중에서도 둘째딸 숙이는 유난히 별난 기질이 있었다. 아버지를 피해 논두렁과 밭두렁을 돌아 극장에 다녀오곤 했다.

그런 날이면 선비는 동네를 순찰하듯 돌아다녔다. 손에는 늘 작은 후레쉬가 들려 있었고, 사람 소리가 나면 곧장 불빛을 비추어 신원을 확인했다. 마치 스스로 경비라도 되는 듯했다. 집으로 돌아오면 딸들이 자는 방에 들어와 후레쉬를 비추며 머릿수를 셌다. 숙이는 이미 그 버릇을 꿰고 있었다. 이불 속에 사람이 누운 것처럼 꾸며 놓고 빠져나가는 기지를 부렸다. 훗날 도시로 나가 빨간 원피스를 맞춰 입고 노래자랑에 나가기도 했으니 그런 기질은 어릴 적부터 남달랐던 셈이다.

하지만 사라는 숙이처럼 대놓고 집 밖을 향해 달아나는 아이는 아니었다. 사라는 더 작고 더 조용했지만 마음속으로는 늘 다른 세상을 향해 열려 있었다.

사라의 마음을 더 크게 흔든 것은 어느 날 집에 들어온 라디오였다. 선비가 어느 날 커다란 상자를 사 들고 들어왔다. 아이들은 그 물건에 온통 마음을 빼앗겼다. 네모난 몸체에 금색 테두리, 손잡이가 달린 물건이었다. 손잡이를 돌리자 그 속에서 사람 목소리가 흘러나왔다.

"와아, 이건 뭐야? 이 속에 어떻게 사람이 들어가서 말을 하노!"

아이들은 폴짝폴짝 뛰며 환호했다. 금성라디오였다. 그 라디오는 순식간에 온 동네에 소문이 났고, 어른 아이 할 것 없이 구경하러 모여들었다. 라디오에서는 대한뉴스가 나오고 노래가 흘러나왔다. 새로운 문명의 바람이 선비네 집에도 불어든 것이다. 아이들은 어깨가 으쓱해졌고, 사라는 그 작은 상자 안에 자신이 알지 못하던 세상이 숨어 있다는 것을 어렴풋이 느꼈다.

아무리 막아서도 세월은 흐른다. 작은 개울물도 흘러 강이 되고, 그 강은 언젠가 바다로 가듯 시간은 그렇게 흘러갔다. 두 지붕 아래의 삶은 겉으로는 평온해 보여도 속으로는 늘 팽팽한 긴장을 품고 있었다. 선비는 군위댁과 의성댁 사이를 오가며 위태롭게 균형을 잡았고, 사라는 그 틈에서 형제자매에 치여 살며 아버지의 엄한 권위 아래 자랐다. 아버지는 하늘 같았고, 감히 거스를 수 없는 절벽 같은 존재였다.

그런 집에서 학교는 사라에게 처음으로 허락된 바깥이었다. 학교는 너무 멀었다. 버스는 하루 한 대뿐이었고, 그것마저 늘 만원이었다. 차장이 사람들을 떠밀어 넣고 "오라이!" 하면 버스는 출발했다.

하교길은 더 멀고 길었다. 친구 경숙이와 순이는 늘 사라의 가방을 나누어 들어 주었다. 도시락 가방, 신발 가방, 체육이 있는 날은 체육복 가방까지 들고 먼 길을 걸어야 했다. 가장 무거운 것은 책가방이었다. 때로는 도시락 국물이 흘러 책과 옷을 적시기도 했다.

몸은 약했지만 사라는 학교 가는 일이 좋았다. 학교에 가면 선생님들은 사라를 번쩍 안아 올리며 웃곤 했다.

"얘야, 엄마 젖 더 먹고 오너라."

그럴 때마다 사라는 후레아 치마를 움켜쥐며 속옷이 보일까 조마조마했지만 그 관심과 애정이 싫지 않았다. 집에서는 느끼기 어려운 다정함이 그곳에는 있었다.

읍내 중학교에 다니면서 사라는 처음으로 기차를 보았다. 저렇게 크고 긴 것이 빠르게 달릴 수 있다니 그저 놀라울 뿐이었다.

"꽤애액!"

기차 소리는 사라의 가슴을 세차게 울렸다. 그 소리는 어쩌면 사라를 산골 밖으로 불러내는 소리 같았다.

옥수수빵의 온기

할아버지가 돌아가시고 집안이 한동안 어수선했지만 군위댁의 하루는 멈추지 않았다. 정지에서 소죽간으로, 소죽간에서 다시 정지로 쉴 새 없이 오가던 군위댁이 아이들을 깨우기 시작하면 아침 햇살은 어느새 작은 동산 위로 고개를 내밀었다. 아이들을 깨우는 소리는 점점 요란해지고, 큰 가마솥 뚜껑을 여는 쇳소리와 함께 구수한 밥 냄새가 집안 가득 번져 갔다.

도시락은 아이들 수만큼 챙겨야 했다. 반찬이라야 늘 비슷했다. 겨울에는 무짠지나 배추김치가 대부분이었고, 여름이면 된장과 고추장을 섞은 것에 오이나 풋고추, 장아찌 같은 것을 곁들였다. 어쩌다 멸치볶음이 반찬으로 들어가는 날이면 학교 가는 발걸음이 절로 가벼워졌다. 친구들에게 "나도 맛있는 반찬 싸 왔다"고 자랑하고 싶어 안달이 날 정도였다. 그러나 점심시간을 기다리지 못하고 쉬는 시간마다 조금씩 꺼내 먹다가 막상 점심때는 반찬이 거의 남지 않은 날도 있었다.

아랫동네 대숙이는 약간 모자란다는 소리를 들었지만 도시락 반찬만은 늘 으뜸이었다. 쌀밥에 계란, 멸치볶음까지 들어 있었다. 그 집은 아이가 셋뿐인 데다 살림도 넉넉한 부농이었다. 아이들은 대숙이를 바보라고 놀렸지만 사라는 한편으로 그 아이가 몹시 부러웠다.

군위댁은 아이들 찬거리를 마련하려고 밭에서 거둔 마늘이며 콩, 보리쌀 따위를 머리에 이고 장에 다녀오곤 했다. 그렇게 가져간 곡식으로 주로 시아버지 밥상에 올릴 생선이나 아이들 도시락 반찬거리를 바꾸어 왔다. 장은 몹시 멀었다. 삼십 리 길을 갈 때는 곡식을 머리에 이고 가고, 돌아올 때는 바꾼 반찬거리를 다시 머리에 이고 와야 했다. 오가는 길은 고개를 몇 번이나 넘어야 하는 험한 산길이었다.

장날이 일요일과 겹치는 날이면 아이들이 졸라대는 통에 한 명씩 데리고 가기도 했다. 그러나 장까지 가는 길은 아이들에게 너무 멀었다. 고개 하나를 넘으면 "엄마, 언제 장에 가?" 하고 묻고, 또 하나를 넘으면 "엄마, 아직 멀었어?" 하며 군위댁을 보채기 일쑤였다. 그렇게 겨우 장에 닿으면 군위댁은 가져간 곡식을 바꾸어 필요한 물건을 사고, 아이에게는 맛난 것도 하나 사 주었다. 그 재미는 잠깐이었다. 다시 먼 길을 걷고 또 걸어 산골짝 집에 돌아오면 해는 이미 서산으로 기울어 있었다. 그때면 씨암소가 군위댁 목소리를 알아듣고 "음매" 하며 인사를 건네곤 했다.

겨울방학이 되면 뒤주의 나락은 바닥을 드러내기 시작했다. 군위댁은 아침은 그나마 밥으로 먹이고, 점심은 식은밥에 콩나물과 김치를 넣어 콩나물갱죽을 끓여 양식을 늘려 갔다. 아이들은 먹기 싫었지만 굶을 수 없어 먹었다. 방 한구석에는 늘 콩나물시루가 놓여 있었고, 그 시루는 검은 천으로 덮여 있었다. 그 천이 불룩하게 위로 솟아오르면 군위댁은 콩나물을 뽑아 갱죽을 끓였고, 그렇게 하루 한 끼를 식구들 배에 채워 넣었다.

호박도 빠지지 않았다. 군위댁은 양대콩을 넣고 호박죽을 자주 끓였다. 큰 가마솥 가득 끓인 호박죽은 항아리에 퍼 담아 두고 식구들에게 먹였고, 동네 사람들과도 나누었다. 그러나 아이들에게는 호박죽도 콩나물갱죽도 반갑지 않은 음식이었다.

아침이 밝으면 아이들은 아직 잠이 덜 깬 몸으로 보리밥 한 그릇을 밀어 넣고 학교로 갔다. 그런데 학교에서 커다란 가마솥에 강냉이 가루를 쪄 간식으로 내주는 날이면 아이들 가슴이 설렜다. 가마솥 앞에 줄을 서 있으면 한 동가리씩 나누어 주었는데, 그 구수한 냄새가 오감을 자극했다. 둥근 채반 위에 삼베보자기를 깔고 쪘기 때문에 크기가 일정하지 않아 골고루 나누기가 쉽지 않았다.

급식하는 아주머니는 몸집이 작은 사라를 보면 "많이 먹고 어서 크거라" 하며 늘 조금 더 큰 조각을 집어 주었다. 사라는 그 옥수수빵을 엄마에게 드릴 생각으로 보자기 책가방 한쪽 모퉁이에 고이 묶어 두었다. 먹고 싶은 마음은 굴뚝같았지만 꾹 참고 있었다. 하지만 수업시간이 남아 있는 내내 생각은 온통 그 빵에 가 있었다.

드디어 학교가 끝났다. 사라는 책가방을 허리춤에 동여맸다. 한쪽 끝에 매달린 옥수수빵에는 아직도 온기가 남아 있었다. 조금만 떼어 먹어야지, 그렇게 스스로를 달래며 한입 베어 물었는데 정말 꿀맛이었다.

집으로 걸어가는 먼 길에 사라는 조금씩 조금씩 빵을 떼어 먹었다. 길은 멀었고, 집이 가까워질 즈음에는 거의 다 먹고 말았다. 엄마에게 드릴 옥수수빵은 얼마 남지 않았다.

6·25 전쟁 이후라 살림은 전반적으로 넉넉하지 않았다. 군위댁은 일자무식이었지만 고사성어도 잘 쓰고 속담도 곧잘 입에 올렸다. 아이들이 "엄마, 갱죽 먹기 싫어요. 호박죽도 먹기 싫어요" 하며 투정을 부리면 군위댁은 말했다.

"서러운 것 중에 제일 서러운 게 배고픈 기다."

그러고는 또 이런 말을 덧붙이곤 했다.

"아무리 대단한 양반이라도 사흘 굶기면 남의 담도 넘는다."

그러면서 "이거라도 먹는 게 얼마나 큰 행복인 줄 아느냐" 하며 아이들을 달랬다. 그런 말 속에는 굶주림을 몸으로 겪어 본 사람만이 아는 절실함이 배어 있었다.

하루는 군위댁이 아이들에게 이야기를 하나 들려주었다. 가난한 집에 시아버지와 아들 부부가 함께 살고 있었는데, 어느 날 양식이 뚝 떨어졌다는 이야기였다. 먹지 못해 얼굴은 누렇게 뜨고 몸은 퉁퉁 부어 당장이라도 쓰러질 듯한 지경이었다. 며느리는 온 집안을 뒤지다 찬장 구석에서 명태 대가리 하나를 찾아냈다. 그리고 항아리 벽에 붙어 있던 쌀 한 톨을 떼어내 그 쌀알을 명태 눈에 박아 넣고 푹 끓였다.

문제는 그 한 그릇을 시아버지에게 줄 것이냐, 남편에게 줄 것이냐 하는 것이었다. 며느리는 고민 끝에 남편에게 먹였다. 시아버지를 살리면 남편이 죽어 후사를 볼 수 없고, 남편을 살려야 자식을 낳아 대를 이어 조상을 모실 수 있다고 여겼기 때문이다. 그렇게 남편을 살리고 자식을 낳아 대를 이어 갔다는 이야기였다.

군위댁은 그 이야기를 들려주며 쌀 한 톨의 무게를 아이들에게 일깨워 주었다. 그런 가르침 속에서 자란 아이들은 밥 한 톨도 함부로 버리지 않았다.

봄이 오면 군위댁은 냉이며 쑥이며 산나물을 캐어 와 식구들 배를 채웠다. 한 줌도 안 되는 허리에 유난히 커지고 거칠어진 손과 발이 달린 모습이었다. 그 손과 발은 마치 공룡의 것처럼 억세고 커 보였

다. 먹고사는 일을 온몸으로 떠받쳐 온 세월이 그 몸에 그대로 새겨

져 있었다.

사격장의 나물 바구니

매서운 겨울이 물러가고 아지랑이가 몽글몽글 피어오르기 시작하는 봄날, 동네 아주머니들은 새벽부터 분주하게 움직였다. 주먹밥을 싸고 보따리와 소쿠리를 챙겨 산으로 나물 뜯으러 나설 준비를 했다. 종달새가 하늘 높이 떠올라 "지리지리 지리리" 울어대면 산골 마을에노 생녕의 기운이 번져 갔다.

날이 풀리고 먼 산의 눈이 녹으면 사람들은 삼삼오오 짝을 지어 들로 산으로 나섰다. 군위댁은 큰딸이 선을 보는 날이라 함께하지 못했다. 사라는 엄마를 졸라 주먹밥을 싸 들고 동네 아주머니들을 따라 나섰다. 나물이라야 몇 가지밖에 몰랐지만 평소 엄마가 해 온 것을 봐온 터라 제법 자신이 있었다.

엄마가 싸 준 도시락은 멸치볶음과 짠지를 잘게 썰어 넣은 주먹

밥, 그리고 물 한 병이었다.

먼 길을 걷고 또 걸어 도착한 곳은 제3사관학교 근처였다. 나물은 물이 흐르는 골짜기 주변에 많았다. 사라는 어른들이 하는 대로 따라하며 하나둘씩 나물을 캐 허리춤에 찬 다래끼에 넣었다. 잘 모르면 아주머니들이 손을 잡아가며 가르쳐 주었다. 재미가 있었다. 이렇게 뜯어온 나물을 엄마가 된장과 깨소금으로 무쳐 줄 생각을 하니 벌써 입안에 침이 고였다.

산 정상 가까이에는 지난 겨울 산불이 지나간 흔적이 남아 있었다. 검게 그을린 땅 위로 새싹들이 힘차게 올라와 있었다. 한 아주머니가 말했다.

"저기 가마 나물 억수로 많다 아이가."

사람들은 하나둘 그쪽으로 올라갔다. 과연 불에 탄 재가 거름이 된 듯 나물들은 통통하게 살이 올라 있었다. 나무 사이 바위틈마다 푸른 것이라면 모두 나물이었다. 허리를 깊이 굽히지 않아도 될 만큼 넉넉하게 돋아 있었다.

사람들은 너도나도 정신없이 나물을 뜯었다. 그때였다. 갑자기 총소리가 들렸다. 사라는 귀를 의심했다. 다시 또 한 번. 이번에는 분명했다. 그제야 보였다. 빨간 깃대와 '출입금지'라는 글씨.

순간 총알이 빗발치듯 날아들었다. 나물을 뜯고 있는 사람들을 아랑곳하지 않고 사격이 계속되었다. 봄볕 아래 펼쳐져 있던 산은 순식간에 죽음의 공간으로 변했다. 숨을 곳도 없었다. 사람들은 저마다 나물 보따리를 머리에 덮어쓰고 엎드렸다. 바로 옆에 총알이 떨어질 때마다 심장이 쿵 내려앉았다. 어른들에게서 들었던 전쟁 이야기가 눈앞에서 되살아나는 듯했다.

사라는 문득 한 사람을 떠올렸다. 갑티댁이었다. 젊은 새댁인 그녀는 홀시어머니를 모시고 살고 있었고, 여섯 아이를 두고 있었다. 막내는 아직 돌도 지나지 않은 젖먹이였다.

"갑티댁은 죽으면 안 되니더. 애들 엄마 없으면 안 되잖아요."

사라는 떨리는 손으로 나물이 든 다래끼를 그녀에게 내밀었다. 마치 그것이 총알을 막아 줄 방패라도 되는 것처럼.

한참 이어지던 총소리는 마침내 멎었다. 다행히 다친 사람은 없었다. 누군가 낮게 중얼거렸다.

"우린 죽어도 보상은커녕 벌금 내야 될 끼다."

그 말이 더 서늘하게 가슴에 남았다. 사람들은 더 이상 나물을 뜯지 않았다. 혼비백산이라는 말 그대로였다. 사격훈련장에서 죽음의 고비를 넘긴 사람들은 묘한 동료애 같은 것을 느끼며 각자 머리와 등에 나물 보따리를 이고 지고 말없이 같은 길을 걸어 내려왔다.

그날 이후, 사람들은 한동안 나물을 뜯으러 가지 못했다. 귓가에는 계속 총소리가 맴돌았고, 몸은 산을 향해 나아가기를 주저했다.

지각대장 삼총사

가마솥 여닫는 소리, 부엌에서 알루미늄 도시락이 달그락거리는 소리, 암소의 울음, 장닭 우는 소리, 군위댁이 아이들을 깨우는 소리가 뒤섞였다.

몇 달간의 통학은 지옥 같았다. 새벽에는 가방을 여러 개 들고 콩나물 시루 같은 만원버스를 타야 했고, 하교 후에는 삼십 리 길을 걸어야 했다.

그래도 길 위에는 웃음이 있었다. 쇠똥구리가 쇠똥을 굴리는 모습을 보고 배를 잡고 웃기도 했다. 두 마리가 앞에서 끌고 뒤에서 밀며 공처럼 만든 쇠똥을 굴려 가는 모습이 우스워 참을 수가 없었다. 경숙이가 장난으로 그것을 발로 뭉개 버리면 쇠똥구리는 다시 모아 굴렸다. 하지만 사라는 끝내 포기하지 않는 쇠똥구리의 모습이 짠했다.

학교에서 돌아오는 길, 지게에 나무를 진 총각들이 줄지어 내려오고 있었다. 그 지게 위에는 진달래 꽃봉오리가 수줍게 입을 벌리고 있었다..

"꽃 한 송이 주세요."

그 말에 한 나무꾼이 웃으며 말했다.

"집에 언니 있는 사람부터 준다."

사라는 용기를 내 손을 번쩍 들었다.

"우리 집에 언니 두 명 있어요!"

그는 지게를 받쳐 놓고 꽃을 건네주었다. 그런데 어쩐지 서로 얼굴이 낯설지 않았다. 알고 보니 그 나무꾼은 선비의 서당에 다니는 학생이었다. 그는 절대로 집에 가서 자기가 한 말을 훈장님께 일러바치지 말라고 통사정을 했다. 그러더니 진달래 꽃다발을 사라에게 몽땅 내밀었다.

사라는 세상 다 가진 듯 행복했다. 피어 있는 꽃을 따서 하나씩 입에 넣으며 보랏빛으로 물든 입술로 웃으며 걸었다.

개울을 건너는 길에는 빨랫터가 있었다. 아낙네들이 방망이질을 하며 이야기를 나누는 곳이었다. 톡닥톡닥, 토닥토닥— 마치 장단 맞춘 연주회 같았다. 빨랫터는 동네 아낙들의 소통장소이자 소문의 진상지였다. 누구 집에 손님이 몇 명 왔는지, 숟가락이 몇 개인지 모두 여기서 드러났다. 사라와 친구 둘이 개울을 건너려 하면 늘 듣는 말이 있었다.

"느그들 한창 좋을 때다. 우리 때는 학교가 뭐꼬. 한글도 못 배웠는데 가스나들을 중학교까지 보내 주니 느그는 복 많이 받았다 아이가."

부러움이 묻어나는 말이었다. 하지만 사라에게 학교는 기쁨보다 버텨야 하는 시간이 되어가고 있었다. 먼 길을 오가는 날들이 이어지면서 몸은 점점 지쳐 갔다.

결국 그 모습을 지켜본 선비가 학교 근처에 방을 얻어 주었다. 평소 "여자와 바가지는 돌리면 깨진다"고 말하던 그로서는 쉽지 않은 결정이었다. 학교 근처 허름한 시골집 방 한 칸, 흙집이었고 난방은 연탄이었다. 밥은 연탄 위에 냄비를 올려 해 먹었다. 키 큰 순이도 키 작은 사라도 쉽지 않은 생활이었다. 한겨울엔 연탄불이 꺼지기 일쑤였고 밥이 제대로 되는 날이 드물었다.

윗채에는 과부댁이 아들 둘을 데리고 살고 있었다. 연탄불이 꺼지면 군말 없이 불을 붙여 주었고, 가끔은 음식을 나누어 주기도 했다. 사라는 그 집을 통해 처음으로 교회라는 곳을 알게 되었다. 그녀는 교회 집사였고, 언덕 위 작은 교회로 사라를 여러 번 불러 세웠다.

"교회 오면 사탕도 주고 선물도 준다."

산골 마을에서는 교회도 절도 접해 본 적이 없었던 사라에게 읍내의 교회는 낯설기만 했다. 그러나 집사 아주머니의 손길을 몇 번이나 빌리고 나니 그 말을 거절하기가 쉽지 않았다. 그렇게 사라는 또 하나의 낯선 세계 앞에 서게 되었다.

학교에는 덕주라는 아이가 있었다. 한쪽 다리를 심하게 절뚝거리며 다녔지만 장난이 심한 아이였다. 담임선생님은 아이들이 떠들지 못하게 하려고 자리 배치를 남녀가 번갈아 앉도록 했다. 그 뒤에는 매서운 체벌이 따라왔다. 선생님의 성정은 거칠었고, 아이들은 숨을 죽인 채 학교생활을 해야 했다.

덕주는 쉬는 시간은 물론이고 수업시간에도 사라를 괴롭혔다. 연필을 뾰족하게 깎아 사라의 팔 뒤를 찔러 대었다. 쉬는 시간에는 겨우 몸을 피하거나 맞설 수 있었지만 수업시간에는 소리를 낼 수도 없었다. 괜히 소란을 피우면 매를 맞는 건 사라의 몫이었기 때문이다.

그렇게 참고 또 참는 사이 사라의 팔 뒤에는 연필심 자국이 지워지지 않는 흉터로 남았다.

그러다 덕주도 진학을 하고 사라도 진학을 했다. 덕주는 여전히 사라를 괴롭히기도 하고 선물을 주며 환심을 사려 하기도 했다. 통학이 어려워 자취를 했는데 어느 것 하나 쉬운 게 없었다. 엄마를 떠나 생활한다는 게 예삿일이 아니었다. 윗채에 사는 과부댁이 특별한 요리를 하는 날이면 더더욱 집이 그리웠다. 사라는 순이와 둘이서 이불을 덮어쓰고 "아이고, 먹고 싶어라" 하며 소리를 질렀다. 그 소리를 듣고 과부댁이 음식을 가져다주기도 했다. 사라의 반찬이라야 군위댁이 해 준 무우말랭이 김치와 짠지, 된장과 고추장이 전부였다.

하루는 된장국을 끓이려는데 넣을 것이 아무것도 없었다. 순이가 담장 너머 밭에 주인이 뽑아가지 않고 남겨둔 배추 서너 포기가 있다며 가져오자고 했다. 키가 큰 순이가 밭에서 배추를 뽑아 담벼락 안으로 넘겨 주고, 사라는 안쪽에서 받았다. 키가 작은 사라는 바께쓰를 엎어놓고 그 위에 올라서야 했다. 심장이 콩닥콩닥 뛰었다. 그렇게 가져온 배추로 끓인 된장국은 유난히 맛있었다. 집에 있으면 흔한 재료였지만 자취를 하니 그마저도 귀하게 느껴졌다.

학교생활은 새로웠다. 과목마다 선생님이 달라지는 것도 새로운 친구들이 생기는 것도 신기했다. 하지만 몸이 작고 허약한 사라는 여기서도 '땅강아지'라는 별명을 벗어나지 못했다. 공부는 할 만했지만 체육과 미술은 유독 힘들었다. 체육시간에는 큰 아이들과 부딪히는 운동이 버거웠고, 달리기나 매달리기 같은 것도 쉽지 않았다. 어느 날 100미터 달리기를 했는데, 최선을 다해 뛰었음에도 담임선생님은 "넌 걷는 거냐, 뛰는 거냐"라고 말했다.

미술시간도 마찬가지였다. 교감선생님이 가르쳤는데 일 년 내내 운동장 나무 아래에서 풍경을 보고 그리게 했다. 사라는 늘 웅덩이를 동그랗게 그리고, 그 옆에 늘어진 버드나무를 그렸다. 하늘에는 구름도 띄웠다. 그러나 끝내 완성하지 못하고 끙끙댔다. 그때마다 덕주가 다가와 "여기는 빨간색, 저기는 파란색" 하며 훈수를 두었다. 덕주는 사라를 괴롭히면서도 가까이 다가오는 아이였다.

자취생활은 점점 버거워졌다. 순이는 꺽다리처럼 키가 컸고, 사라는 땅강아지처럼 작았다. 사라는 늘 콧물이 흘러 하루에도 몇 번씩 훌쩍이며 지내야 했다. 집을 떠나 사는 일이 이렇게 외롭고 힘든 줄은 몰랐다. 주인집에서 특별한 음식을 하는 날이면 더욱 그리움이 깊어졌다.

어느 날은 동지 팥죽을 끓이는 모습을 보고 엄마 생각이 나 둘은 눈물이 났다. 저녁이 되어도 팥죽을 나누어 주지 않자, 둘은 좁은 아랫목에 누워 "아이고, 팥죽 먹고 싶어" 하며 노래 아닌 노래를 불렀다. 그 소리를 들은 주인 아주머니가 결국 양은냄비 가득 팥죽을 담아 가져다주었다.

순이는 어린 나이에 어머니를 잃고 새어머니 밑에서 자란 아이였다. 아버지는 집안일에는 관심이 없었고, 순이는 늘 구박 속에서 자랐다. 키는 컸지만 늘 어딘가 허전해 보이는 아이였다.

자취가 좋다던 순이도 결국 집에 가겠다고 했다. 그렇게 사라도 자취를 접고 다시 집으로 돌아가게 되었다. 사라는 산골집으로 돌아간다는 생각에 마음이 놓이면서도 다시 시작될 통학이 걱정되었다.

그래도 엄마가 있는 집으로 돌아간다는 사실 하나만으로 마음이 놓였다.

버스는 하루 한 대뿐이었다. 놓치면 삼십 리 길을 걸어야 했다. 버스는 늘 만원이었고, 차장은 사람들을 짐짝처럼 밀어 넣었다. 숨 쉬기도 힘든 상태로 하루가 시작되었다. 군위댁은 막내 복순이에게 "언니 책가방 하나 들어라" 하며 부탁했고, 복순이는 아무 말 없이 받아 들었다.

그럭저럭 3학년이 되었다. 통학도 어느 정도 익숙해졌다. 하지만 그 이상을 꿈꾸기에는 형편이 허락하지 않았다. 사라에게 중학교는 마지막 배움의 자리였다. 학교에 가는 의미도 점점 옅어졌고, 공부도 예전 같지 않았다.

사라와 순이, 경숙은 결국 중학교를 끝으로 졸업하게 될 아이들이었다. 산골에서 여학생이 중학교를 다니는 것만으로도 드문 일이었으니, 고등학교 진학은 생각조차 하기 어려웠다. 군소재지나 대구로 나가야 했고, 선비의 형편으로 딸을 멀리 보내는 일은 쉽지 않았다.

그래서인지 학교는 점점 느슨해졌다. 세 아이는 하루 걸러 한 번씩 지각을 했다. 그렇게 쌓인 지각이 마흔아홉 번이 되었고, 어느새 '지각대장 삼총사'라는 별명이 붙었다. 사라는 땅콩, 땅강아지, 땅개에 이어 또 하나의 이름을 달았다.

학교 가는 길은 늘 떠들썩했다. 길가의 풍경을 보며 재잘거리다 보면 학교에 가는 건지 소풍을 가는 건지 모를 때도 있었다. 선생님들도 처음에는 야단을 쳤지만 나중에는 "그래도 결석은 하지 마라." 하며 넘어갔다.

스승의 날은 시골학교에서 큰 행사였다. 아이들은 교문 양옆에 서서 선생님들이 들어오면 가슴에 리본을 달아 드리고 노래를 불렀다.

"스승의 은혜는 하늘 같아서…."

그날 사라와 두 친구는 선생님들과 함께 교문을 들어섰다. 양옆으로 늘어선 아이들의 노래를 들으며 지나가는 그 순간이 어쩐지 쑥스럽고 민망하게 느껴졌다.

그렇게 사라는 학교와 통학에 치이며 산골마을의 풍경과 함께 흘러가고 있었다.

거지의 죽음

동네 아이들이 시끌벅적 떠드는 소리가 산골마을을 뒤흔들었다. 남루한 옷차림에 헝클어진 머리카락을 한 여인이 배가 태산같이 불러 나타났다. 매서운 겨울 날씨에 꾀죄죄한 옷을 입고 그 위에 이불을 걸치고 손에는 밥을 얻어 담는 깡통을 들고 있었다. 누가 봐도 거지였다.

이불 사이로 보이는 그녀의 배는 남산만큼 불러 있었다.

"얼레리 꼴레리, 얼레리 꼴레리, 걸뱅이가 애를 배었대!"

아이들은 세상에서 가장 재미있는 구경이라도 난 듯 놀려댔다. 여인은 정신지체가 있었고 걸식을 하며 아무 데서나 잠을 잤다. 아마도 못된 남성들이 건드려 임신을 시킨 것이리라. 개념 없는 남성들의 본능을 어찌하랴. 얼굴에는 아무 표정도 없고 그저 배가 고프면 얻어먹는 것이 전부였다.

사라는 집으로 달려가 엄마에게 전후 사정을 이야기했다. 군위댁은 그 여인을 집으로 데려와 따끈한 밥상을 차려 주었다. 그리고 입고 있던 옷을 벗기고 집에 있는 도톰한 옷으로 갈아입혀 주었다. 추운 겨울에 아이를 낳으면 안 될 것 같아 사랑채에 머물게 했다.

꼭두새벽에 일어나 가족과 암소를 돌보는 군위댁이 방에 가 보니 그 여인은 이미 집을 나가고 없었다. 사라는 그 여인이 어디서 아이를 낳을지, 그 아이는 어떻게 될지, 아이들이 놀리고 돌멩이를 던지면 어찌할지 걱정에 잠겼다. 수심에 찬 사라를 보고 군위댁이 말했다.

"나는 열아홉에 시집와서 거지 세 명 장례를 치렀다. 느그 할매가 자애로웠거든. 집에 오는 거지들을 그냥 보내는 법이 없었어. 어떤 거지는 밤에 와서 재워 달라 하면 허락을 하셨지. 저녁밥 지어 먹이고 방에 군불 때서 재웠어."

사라는 남산만 한 배를 한 여인 생각은 잊고 군위댁의 이야기에 빠져들었다. "그래서 그 다음은요?" 하니 군위댁이 말했다.

"이가 너무 많았어. 그래서 옷을 갈아입히고 소죽솥에 물을 데워 목욕을 시켰지. 그리고 옷을 갈아입혔어. 그 거지가 입던 옷은 개 꼬리로 만든 빗자루로 소죽솥에 쓸어넣어 삶아서 솥뚜껑에 말렸지."

그런데 다음날 아침에 밥을 먹이려고 가 보니 그 거지가 죽어 있었다는 것이다. 새댁이던 군위댁은 가뜩이나 겁이 많았는데 눈이 휘둥그레졌다. 시어른이 알게 되고 나서 동네 사람들을 불러 간단하게나마 의식을 갖추어 장례식도 올리고 관 대신 이불을 돌돌 말아 지게에 지고 가 동네 사람들이 함께 묻어 주었다고 했다. 남한테 잘하면 그 복은 자손이 받는다는 생각을 갖고 살았던 것이다. 사라의 할머니는 자식을 낳으면 자꾸 죽어 생명에 대한 사랑이 남달랐다. 겨우 남매를 키웠는데 그중 남자가 선비였다. 얼마나 애지중지 키웠는지 선비는 자기 몸을 최고로 여겼다. 조금만 아파도 엄살이 심했고 몸을 금쪽같이 여겼다.

거지의 죽음을 세 번이나 거두어 장례를 치른 공으로 사라네 집안에는 처첩이 낳은 자손이 열 명이나 되었으니 할머니의 소원은 이루어진 셈이었다.

산골마을의 사계

사라네 마을은 아홉 가구가 옹기종기 모여 사는 작은 산골이었다. 어른은 스무 명 남짓, 아이들은 예순 명이 넘었다. 그래서 마을은 늘 왁자지껄했다.

산 아래 첫째 집 동정댁은 아이를 아홉이나 낳았다. 여름이면 쪽문을 활짝 열어두고 젖가슴을 느러낸 채 부채질을 해댔다. 그 가슴은 크기도 했지만 축 늘어져 거의 배꼽에 닿을 만큼 처져 있었다. 사라는 그 모습이 부끄러워 고개를 돌린 채 발걸음을 재촉하곤 했다. 소를 먹이러 산에 오르려면 꼭 그 집 앞을 지나야 했기에 마음은 늘 불편했다.

군위댁은 정반대였다. 선비의 훈계 때문이었을까, 속살을 드러내는 일은 단 한 번도 없었고 맨발로 다니는 모습조차 보기 어려웠다.

아이들은 이웃집을 오가며 형제자매처럼 어울려 지냈다.

이웃집 수박밭과 참외밭은 아이들의 단골 '서리터'였다. 낮에 지형을 살펴두었다가 해가 기울면 슬그머니 들어가 따먹곤 했다. 원두막에 주인이 앉아 있어도 사각지대는 늘 있었다. 들키면 혼이 나고 다시는 안 하겠다고 다짐하지만 서리는 아이들에게 놀이이자 간식을 구하는 방법이었다. 콩서리, 보리서리, 밀서리, 옥수수서리까지 종류도 다양했다.

복숭아밭도 예외는 아니었다. 선비네 둘째딸 숙이와 사라도 한낮에 복숭아서리에 나섰다. 잘 익은 복숭아를 따고 있는데 뒷집 진태엄니의 고함소리가 산을 쩌렁쩌렁 울렸다.

"거기 누구여! 어떤 놈이 남의 복숭아를 따가노! 당장 나와라!"

성깔이 드세기로 소문난 사람이었다. 사라는 다리가 후들거려 그 자리에 얼어붙은 듯했다. 결국 산 아래로 내려가지 못하고 정상 쪽으로 도망쳤다가 해가 질 무렵에야 집으로 돌아왔다. 그날은 서리도 못 하고 멱도 못 감은 날이었다.

여름이면 개울은 아이들의 놀이터이자 목욕탕이었다. 수영을 할 줄 몰라 깊은 물에 들어가면 물을 잔뜩 먹고 허우적거리기 일쑤였지만 그마저도 즐거움이었다.

사라는 아이들과 밀짚을 새끼줄로 묶어 물에 띄우고 그 위에 몸을 얹었다. 제법 그럴듯한 모양이었지만 집에 돌아오면 몸은 온통 긁혀

상처투성이였다. 몰래 빨간약을 바르며 따끔거림을 참았지만 그 스릴은 잊히지 않았다. 아이들은 그 상처를 훈장처럼 달고 다녔다.

여름밤이면 동네 여인들이 떼 지어 개울로 목욕을 하러 나갔다. 위쪽은 남자들, 아래쪽은 여자들 차지였다. 군위댁은 딸 넷을 데리고 나와 한 명씩 씻겨주고 자신은 맨 마지막에 씻었다. 까칠한 수건으로 등을 밀어주면 살갗이 벗겨질 듯 아팠지만 사라는 아프다는 말은 차마 할 수 없었다.

밤이 깊어지면 마당에 평상을 이어 놓고 군위댁을 중심으로 둘러앉았다. 별은 셀 수 없을 만큼 많았고, 아이들은 저마다 자기 별이라 우겼다. 군위댁이 들려주는 옛이야기를 들으며 밤은 조용히 깊어갔다.

겨울이면 사랑채에서는 학동들의 글 읽는 소리가 찬바람에 실려 마을을 맴돌았다. 설날이 되면 서당 학동들이 찾아와 세배를 올렸다. 보자기에 싸 온 답례품을 건네고, 그 대신 덕담을 들었다. 돈 대신 물건으로 마음을 나누는 산골의 방식이었다. 사라네 형제자매는 세뱃돈 한 푼과 함께 그 진상품을 나누어 가지며 설을 보냈다.

설이 지나면 마을은 다시 움직이기 시작했다. 새끼를 꼬아 가마니를 만들고, 뒤주 속 씨앗을 점검했다. 바닥이 드러난 뒤주의 나락을 긁어 모아 방앗간으로 보내며 다가올 춘궁기를 대비했다.

정월대보름이 가까워지면 군위댁은 더 바빠졌다. 봄부터 말려둔

나물들이 줄줄이 걸려 있었다. 아주까리, 취나물, 원추리, 토란줄기, 고구마줄기, 고사리, 무청시래기…. 글자를 몰라도 삶을 꾸리는 데 필요한 것들은 빠짐없이 챙겨 두었다.

가마솥에 불을 지펴 나물을 삶고, 들기름과 들깨가루를 넣어 볶으면 온 집안에 고소한 냄새가 퍼졌다. 찹쌀과 콩, 팥, 수수 등을 넣어 지은 오곡밥은 커다란 항아리 뚜껑에 담겨 장독대 위에 올려졌다. 이날만큼은 배부르게 먹을 수 있었다. 아이들은 소쿠리와 양푼을 들고 집집마다 다니며 밥과 나물을 얻어 모았다. 그것을 나누어 먹으며 하루 종일 웃고 떠들었다.

밤이 되면 어른들은 동네 어귀에 달집을 쌓아 불을 놓았고, 아이들은 깡통에 불을 붙여 빙빙 돌렸다. 불빛은 어둠 속에서 포물선을 그리며 허공을 가르다가 다시 땅으로 떨어졌다.

그 불빛 속에서 아이들은 저마다의 소원을 마음껏 외치고 있었다. 그리고 그 소리는 별이 총총한 산골 밤하늘로 천천히 흩어져 갔다.

쥐꼬리 숙제

여느 때와 다름없이 등굣길은 전쟁이었다. 꼬꼬마 사라는 짐짝처럼 떠밀려 버스 안으로 밀려 들어갔다. 푸른 베레모에 파란 가운을 걸친 차장은 사람들을 안쪽으로 밀어 넣느라 분주했고, 커다란 주머니 속 동전은 점점 불어나고 있었다. 어느 때는 그 불룩한 주머니가 아버지의 주머니보다 너 거 보이기도 해 괜히 눈길이 갔다.

초겨울, 바람이 을씨년스럽게 불던 날이었다. 전교생이 운동장에 집합했다. 교감선생님이 대통령 각하의 뜻이라며 훈사를 한 뒤 국민교육헌장을 발표했다. 매우 엄숙한 분위기였다. 그날의 목적은 단 하나, 전교생이 헌장을 외우는 것이었다.

학생회장이 연단에 올라 낭독을 시작했다.

"우리는 민족중흥의 역사적 사명을 띠고 이 땅에 태어났다…

1968년 12월 5일 대통령 박정희.”

뜻은 알 수 없었고, 알 필요도 없었다. 외우는 것이 전부였다. 교실로 돌아온 아이들은 한목소리로 헌장을 외워댔다.

한 시간도 채 되지 않아 1등이 나왔다. 1학년 용재였다. 사라는 2등이었다. 상품은 공책인데 1등은 세 권, 2등은 두 권, 3등은 한 권. 사라는 공책 두 권을 받아 들고도 마냥 기뻤다. 이유는 알 수 없었지만 그날만큼은 뭔가를 잘해낸 것 같았다.

용재는 어린시절 사라 앞에 느닷없이 나타났던 배다른 동생이다. 덩치가 커서 자전거를 타고 중학교를 다녔고, 공부도 제법 잘했다.

새벽이면 마을 앰프에서 잡음 섞인 노래가 흘러나왔다.

“새벽종이 울리네, 새아침이 밝았네….”

노래가 울리면 사람들은 하나둘 빗자루를 들고 마을길을 쓸었다. 아침마다 학교에서는 반공 구호가 일상이었다. 국어시간에는 표어를 짓고, 미술시간에는 그것을 그림으로 그렸다.

“때려잡자 김일성, 쳐부수자 공산당!”

“공산당이 싫어요!”

그 말들이 무엇을 뜻하는지는 몰랐지만 아이들은 외우고 따라 했다.

어느 날은 쥐를 잡자는 운동이 벌어졌다. 미술시간에는 쥐를 그리게 하고, 숙제로는 쥐를 잡아 꼬리를 학교에 가져오게 했다.

선비네 집은 비상이 걸렸다. 아이가 열 명이니 쥐꼬리도 열 개가 필요했다. 쥐틀을 놓고 쥐약을 놓아도 숫자를 맞추기는 쉽지 않았다. 아이들은 울상을 지으며 쥐꼬리 타령을 했다.

결국 군위댁이 나섰다. 오징어 다리를 물에 불려 빨판을 떼고, 그것을 종이에 돌돌 말아 쥐꼬리처럼 만들어 주었다. 사라는 그것을 손에 들고 한참을 들여다보았다. 진짜 쥐꼬리 같기도 하고 어딘가 어설퍼 보이기도 했다.

학교에 가는 내내 손에서 놓지 못했다. 혹시 들키지는 않을까, 냄새는 나지 않을까 괜히 마음이 불안했다. 친구들의 손에도 비슷한 것들이 들려 있었다.

아이들은 아무 일도 없는 듯 하나둘 쥐꼬리를 내놓았다. 선생님은 그것을 일일이 확인하지 않았다. 사라도 그 사이에 섞여 조용히 제출했다.

그날 사라는 공책 두 권을 다시 한 번 만지작거리며 집으로 돌아왔다.

3장

도시의 불빛

빨간 미니 원피스

선비는 나이에 비해 훨씬 더 큰 존재처럼 보였다. 훈장이라는 이유도 있었지만 집 안에서 행사하는 권력은 마치 제왕과도 같았다. 특히 딸들에게는 무서운 호랑이 같은 존재였다. 그의 말 한마디는 법이었고, 거스를 수 없는 명령이었다. 그는 입만 열면 삼종지도를 들먹였다. 어려서는 부모에게, 결혼해서는 남편에게, 늙어서는 아들에게 의지해야 하는 것이 여자의 도리라고 했다. 여자는 스스로 설 수 없는 존재처럼 여겨졌다.

사라는 군위댁의 삶을 보며 자랐다. 엄마는 늘 고양이 앞의 쥐처럼 숨죽이고 살았다. 왜 사는지, 어떻게 살아야 하는지 알 수 없는 삶. 사라는 마음속으로 다짐했다. 저런 삶은 살지 않겠다고.

그러나 현실은 달라지지 않았다. 학교를 졸업하고 나면 집에서 엄마를 따라다니며 농사일을 거드는 것이 전부였다. 겨울이면 산에 올라 나무를 했다. 군위댁은 갈쿠리로 소나무 갈비를 긁어 모으고, 썩은 나무뿌리를 캐냈다. 끈을 깔고 갈비를 차곡차곡 쌓아 묶은 뒤 머리에 이고 산을 내려왔다. 너무 무거운 날은 움푹 팬 곳까지 굴려 내려가 다시 이고 왔다. 사라는 그 옆에서 작은 짐을 이고 따라다녔다. 엄마의 머리 위 나뭇짐을 올려주는 손이 되었고, 자신의 손과 발도 점점 거칠어졌다.

그런 집안에서 둘째딸 숙이는 유난히 다른 아이였다. 숙이는 아버지의 눈을 피해 가설극장에도 가고, 방송국 노래자랑에도 나갔다. 세상이 어떻게 변하는지 누구보다 먼저 몸으로 받아들이는 아이였다.

세상은 빠르게 변하고 있었다. 서울에 다녀온 사람이 사랑방에서 말했다.

"선생님, 세상에 그리 빠른 버스는 처음 타 봤심더. 팽팽 날아다니는데 비행기 타는 기분이더이다. 서울에 가니 기집아들이 팬티만한 치마를 입고 돌아댕기는데요… 세상이 말세가 될라나 봅니다."

선비는 혀를 찼다.

"말세로다, 말세로다. 어디 여자가 그리 돌아다닌단 말이고."

그러나 세상은 변해가고 그 변화는 깊은 산골 선비네 집까지 스며

들었다.

 숙이는 집을 나설 때는 긴 옷을 입었다. 그리고 선비의 눈이 닿지 않는 먼 곳에 가서야 빨간 미니 원피스로 갈아입었다. 머리는 사자 머리 파마를 하고, 방송국 노래자랑 무대에 올랐다. 입선은 하지 못했지만 한 번쯤 자기 삶을 펼쳐본 순간이었다. 그 원피스는 숙이가 '홀치기' 일을 하며 모은 돈으로 맞춘 것이었다. '홀치기'는 일본 기모노 원단에 들어갈 무늬를 만드는 작업이었다. 비단을 실로 묶어 염색하면 독특한 문양이 생겼다. 숙이는 이 일을 가장 먼저 배워 강사처럼 이 동네 저 동네 다니며 사람들을 가르쳤다. 돈도 벌고 자유도 얻었지만 그 대가는 작지 않았다.

 어린 나이에 하루 종일 앉아 작업을 하다 보니 어깨는 점점 굽어 갔다. 밤늦게까지 이어지는 노동은 몸을 서서히 무너뜨리고 있었다. 그래도 숙이는 멈추지 않았다. 금성 라디오에서 흘러나오는 노래는 숙이에게 또 다른 세상이었다.

 "너무나도 그 님을 사랑했기에⋯."

 "여자이기 때문에 참아야만 한다고⋯."

 그 노래를 따라 부르며 숙이는 조금씩 다른 삶을 꿈꾸었다. 그리고 결국 선비 몰래 다시 노래자랑에 나갔다.

 선비네 집 마당에는 감나무 한 그루가 있었다. 아이들은 감꽃을 꿰어 목에 걸고 다니며 하나씩 빼먹었다. 풋감이 떨어질 때면 누가 먼저 줍느냐를 두고 눈치싸움이 벌어졌다. 숙이는 그 감나무 위에서도 일을 했다. 홀치기 기계를 걸어두고 라디오까지 매달아 놓은 채 작업을 이어갔다. 아슬아슬한 모습이었지만 멈추지 않았다.

그리고 결국 사고가 났다. 나무에서 내려오다 발을 헛디뎌 떨어졌다. 머리를 크게 다쳐 피가 흐르고, 병원에서 일곱 바늘이나 꿰매야 했다.

선비네 백년손님

설이 다가오면 가마솥 목욕하는 것 외에 아이들은 군위댁이 사 주는 설빔옷이 너무나 기다려진다. 옷이라 해 봐야 골덴으로 만든 빨간 더블단추가 달린 옷이었다. 큰딸은 쑥쑥 자라니 당연히 새옷을 사서 입혔고, 둘째딸은 언니의 옷을 물려 입었다. 셋째인 사라는 둘째 언니가 입던 옷을 꿰매어 물려 입었다. 소매부리와 팔꿈치, 바지 무릎 부위는 군위댁이 노닥노닥 기운 흔적이 남아 있었다. 옷 한 벌로 세 명의 딸이 입고 나면 더 이상은 입을 수 없게 헤지고 말았다. 그러니까 막내딸 순이는 당연히 새옷을 입고 자랐다.

사라는 셋째딸로 태어났다. 흔한 말로는 셋째딸은 선도 안 보고 데려간다 했는데 어릴 적 삶은 위아래로 치이며 살았다. 그래서 사라도 한번 새옷을 입고 새신을 신고 머리가 하늘까지 닿을 수 있게 폴짝폴짝 뛰어보고 싶었다.

군위댁은 설명절 이전에 오일장에 가서 콩과 쌀과 보리쌀 등을 가지고 가서 기계에 튀겨 왔다. 이걸로 가마솥을 뒤집어 놓고 직접 만든 조청으로 강정을 만들었다. 사라는 군위댁을 따라 장에 가서 뻥튀기하는 기계를 처음 보았다. 다 튀겨지면 아저씨가 나사를 고정하고 튀밥을 꺼내는데 펑 하는 소리가 귀청이 떨어져 나갈 만큼 컸다. 무섭기도 했지만 신기하기 그지없었다. 튀긴 곡식을 어머니가 주면 장을 보는 내내 입에 털어 넣는 맛이란 그야말로 꿀맛이었다.

쌀은 큰 독에 보관해 두고 먹었는데 사라는 그걸 몰래 꺼내 먹는 게 대단한 낙이었다. 생쌀을 먹는 것과는 비교도 안 되는 고소한 맛이 일품이었다. 밥은 먹는데 배는 왜 그렇게 빨리 꺼지는지 쌀을 한 줌씩 훔쳐 먹으면 그저 최고였다. 군위댁은 쌀을 박바가지에 퍼서 꺼내 밥을 하고는 나름대로 쌀을 표시해 두었다. 가끔은 '참 잘했어요' 하는 나선형 동그라미로, 또 어떤 날은 바가지에 어떤 물건을 얹어 놓기도 하였다. 귀한 쌀을 많은 자식들이 생쌀로 먹어대니까 나름대로 지키려는 것이었다.

설명절이 끝나고 입춘이 지나 봄기운이 서서히 다가오고 있었다. 먼 산에 잔설은 아직 남아 있었고, 땅속은 아직 살얼음에 잠겨 있었지만 봄은 오고 있었다. 군위댁을 따라 뒷동산에 올라 갈퀴로 나무

등걸을 긁어 모으기도 하고, 가끔은 대나무 소쿠리를 옆구리에 끼고
냉이며 달래며 씀바귀를 캐기도 하였다.

2월 중순, 사라는 드디어 중학교를 졸업하게 되었다. 정든 교정과
3년간 매일 만나 지줄대던 친구들과 이별을 해야 하는 시간이 다가
온 것이다.

화려하지는 않았지만 시골 사람이라기엔 어딘가 도시 냄새가 나
는 중년의 여인이 어느 날 선비네 집을 찾아왔다. 선비와 중년의 여
인은 방 안에서 한동안 긴 이야기를 나누었다. 매파는 양가의 집안
을 구체적으로 소개하였다. 선비는 첫째 그 가문을 보았다. 그 집안
이 양반이냐 아니냐가 첫째였다. 평산 신씨였고 7남매 맏이였지만
양반이라 흡족해하였다. 그 여인이 돌아간 뒤 선비는 아이들에게 여
인이 가져온 눈깔사탕을 하나씩 나누어 주었다.

사탕의 달콤한 맛이 아직 입안에 남아 있던 며칠 뒤, 선비는 의관
을 정제하고 도회지로 향했다. 개혼(開婚), 곧 첫 자식의 혼사이기에
사윗감을 직접 보러 가기 위함이었다.

선비가 도착한 곳은 도회지 뒷골목의 낡은 철물점 앞이었다. 주
변을 살피던 선비의 눈에 커다란 짐자전거에 태산 같은 짐을 싣고
들어오는 청년이 들어왔다.

선비는 청년에게 다가가 나그네인 척 물 한 잔을 청했고, 청년은
공손하게 웃으며 시원한 보리차 한 사발을 내어주었다. 키는 아담했

지만 생활력이 강해 보였고, 부모를 모시는 예절 또한 바른 평산 신씨 가문의 장남이었다.

꼼꼼하게 됨됨이를 따져본 선비는 딸을 굶기지 않을 사람이라는 확신이 들자 그 자리에서 혼사를 승낙했다. 매파는 양반집 첫째딸과 평산 신씨네를 오가며 혼사를 추진하였다. 맞선 한 번 보고, 그다음 예물 맞추러 가서 한 번 보고, 바로 꽃피는 4월에 결혼식 날짜를 잡았다.

어느덧 새미산의 북서풍이 잦아들고 꽃피는 4월의 봄날이 찾아왔다. 선비네 마당은 이른 아침부터 온 동네 아낙네들의 분주한 손놀림으로 북새통을 이뤘다. 서당 앞 개울가에서는 남정네들이 돼지를 잡느라 한바탕 전투를 벌였고, 큰 가마솥에서는 국밥이 부글부글 끓어오르며 고소한 냄새를 풍겼다.

선비네 맏딸은 연지곤지를 찍고 족두리와 화려한 활옷을 입고 마당에 차려진 혼례청으로 나갈 준비를 하고 있었다. 선비도 한복에 두루마기와 모자를 쓰고 혼례청을 왔다 갔다 하며 혼례 준비가 잘 되었는지 확인하고, 군위댁은 동네잔치를 벌일 음식 준비로 동동걸음을 치고 있었다. 이때 선비의 둘째 부인인 의성댁도 팔을 걷어붙이고 잔치음식을 만드는데 조력을 하였다.

마당에 천막을 치고 병풍을 뒤로 두른 뒤 커다란 상을 차렸다. 그상 위에는 양옆에 큰 대병에 대나무를 꽂아 두고 청홍실을 걸어 두었다. 그리고 접시에는 쌀, 밤, 대추 등이 차려지고 암탉과 수탉 한 마리가 다리가 꽁꽁 묶인 채 비단 청홍수건에 싸여 올라왔다. 그 아래에는 나무로 깎은 원앙새 두 마리가 앉아 두 사람의 앞길을 축하고 있었다.

대례청 준비를 마치자 드디어 관복을 입은 새신랑이 머리에는 사모를 쓰고 허리에는 각대를 차고 목화 신발을 신고 조심조심 들어오고 있었다. 사극에서나 보는 관리의 복장이었다. 사라는 혼자 들뜨기도 하고 설레기도 하고 또 언니를 떠나보낸다는 상실감이 들었다.

온 동네 아이들이 그야말로 야단법석이었다. 선비가 처음으로 치르는 자녀 결혼이라 손님은 마당을 채우고 모자라 바깥마당까지 찼다. 어디서 왔는지 거지 손님들도 여러 차례 다녀갔다. 이렇게 좋은 날엔 거지들에게도 후한 대접을 했다. 하지만 사라는 아버지가 틀림없이 좋은 사람이라 했는데 왜 그렇게 새신랑이 마음에 안 드는지 알 수가 없었다.

신랑이 대례청에 들어서자 방에서 신부가 도우미의 도움을 받아 마당으로 나오니 동네 사람들이 덕담을 건넨다.

"아이고, 신부가 곱기도 하네." "누구라도 한번 일등은 있는기라." "그래, 선비가 개혼으로 도시의 듬직한 사위를 보네그려." 등등 저마다 한마디씩 말부조를 하였다. 혼례를 집도하는 집례가 절차에 따라 여러 가지 의식을 마치면 드디어 성혼이 됨을 만천하에 알리게 되는 것이다.

마당에는 큰 가마솥에 국밥이 부글부글 끓어오르고 잔칫날이나 상가집에서 먹을 수 있는 잡채와 전 등이 푸짐하게 나왔다. 온 고을의 잔치였다. 왔다 갔다 덩달아 분주하게 뛰어다니는 형제자매들이 있다. 저녁이 되자 동네 장정들이 몰려와 신랑 다루기를 한다고 묶어 두고 발바닥을 때리며 돈을 요구하기도 하는 것을 보니 사라는 신랑이 불쌍하게 보였다.

신랑과 신부가 예법에 따라 절을 올리며 마침내 백년가약을 맺자 마당을 가득 채운 하객들의 덕담이 쏟아졌다. 하지만 사라는 왠지 언니를 낯선 사람에게 빼앗긴다는 생각이 들어 혼례가 끝나자마자 뒷동산 미루나무에 올라가 한참을 울었다. 집 아래에서는 동네 아이들이 맛난 음식을 먹으며 야단법석이었지만 사라의 눈에는 아버지의 극찬과 달리 코만 오똑하고 키가 작은 형부가 마냥 낯설기만 했다.

해는 서산에 지고 밤이 되자 첫날밤을 신랑신부가 함께 보내게 되었다. 군위댁은 목화를 가꾸어 새이불을 만들어 신방에 갖다 두었다. 그때까지 신부는 한복을 입고 족두리를 쓴 채 신랑을 기다리고 앉아 있었다.

신방 앞에는 동네 아이들이 침을 발라 문구멍을 내어 신랑신부를 훔쳐보려 애를 썼으나 병풍으로 가려져 안이 보이지 않아 실망이 컸다. 사라 역시 그 틈에 끼어 문구멍으로 언니와 형부를 훔쳐보며 어쩐지 집안에 또 하나의 바람이 불어올 것 같은 예감에 마음이 술렁거리고 있었다.

이별의 뒷동산

　마당을 가득 채웠던 잔칫손님들이 떠나고 나자 집안에는 묘한 적막이 감돌았다. 흥겨움이 걷힌 자리에는 이별의 그림자가 드리워져 있었다.

　혼례를 마친 언니는 곧바로 시댁으로 들어가지 않고 한동안 친정에 머물렀다. 군위댁은 큰딸의 손을 붙들고 본격적인 신부 수련을 시켰다. 시부모를 공경하는 법, 맏며느리로서 시동생과 시누이를 돌보는 법, 요리하고 빨래하고 살림을 꾸리는 법까지 하나하나 가르쳤다. 한 집안이 잘되고 못되는 것은 며느리 하나에 달렸다고도 했다.

　무엇보다 군위댁이 입버릇처럼 하던 말이 있었다.

　"장님 3년, 귀머거리 3년, 벙어리 3년을 살아야 시집살이가 되는 기다."

보아도 못 본 척하고, 들어도 못 들은 척하고, 하고 싶은 말이 있어도 삼키라는 뜻이었다. 언니는 한낮이면 볕 잘 드는 마루에 앉아 이불 호청과 햇대보에 봉황과 꽃무늬 자수를 놓으며 다가올 새 삶을 준비했다. 그 바늘 끝에는 설렘보다는 정든 집과 멀어질 날을 받아들이는 체념 같은 것이 더 묻어 있는 듯했다.

큰언니는 군위댁에게 밥하는 법, 반찬 만드는 법, 세탁하는 법, 바느질하는 법까지 하나하나 배우며 살림을 도맡았다. 양재도 배워 동생들 옷을 직접 지어 입혔다. 양반 선비가 집안일을 전혀 하지 않으니 군위댁은 반머슴처럼 모든 일을 떠맡았다. 디딜방아를 찧고, 길쌈을 하고, 밭농사를 짓고, 소를 키우며 아이들 뒤치닥거리까지 도맡았다.

어느 날 급히 디딜방아를 찧어야 하는데 도와줄 사람이 없었다. 사라는 해보겠다며 나섰지만 몸무게가 부족해 방아가 꿈쩍도 하지 않았다. 지붕에 묶인 줄에 매달려 콩콩 뛰어 봐도 소용이 없었다. 엄마와 역할을 바꾸려 해도 곡식을 뒤집는 일이 쉽지 않았다. 부족한 무게를 채우려고 납작한 돌을 머리에 이고 방아를 찧으니 그제야 조금 올라왔다.

'에궁, 왜 이렇게 안 크는 거야. 키도 빨리 크고 몸무게도 팍팍 늘어서 엄마를 도와주고 싶은데….'

사라는 속으로 그렇게 중얼거리며 방아 위에서 또 한 번 힘을 주어 뛰어올랐다.

신랑인 신 서방은 처갓집을 가끔 들락거렸다. 아이들이 좋아할 과자와 사탕, 장인어른이 피울 담배 한 보루, 장모가 음식을 할 때 쓸 고기까지 바리바리 사들고 왔다. 시골에서는 그런 것을 쉽게 맛볼 수 없었으니 도시 사위가 오는 날이면 아이들은 괜히 어깨가 으쓱해졌다.

신 서방은 장인 장모 앞에서 늘 공손했다. 선비는 사위가 올 때마다 의관을 정제하고 정중하게 인사를 건넸다.

"신 서방, 먼 길 오느라 수고 많았네. 어서 오시게. 그동안 잘 지내셨는가?"

그러고는 사돈 내외의 안부까지 빠짐없이 물었다. 거의 정해진 의식 같은 인사였다. 평산 신씨 사위도 장인의 말투를 따라 하듯 정중히 답했다. 선비는 사위에게만큼은 늘 공손했고, 군위댁은 어렵다 못해 수줍어하기까지 했다.

그러는 사이 군위댁은 '백년손님'을 대접하려고 닭장으로 가 씨암탉의 모가지를 비틀었다. 가마솥에 물을 끓여 닭털을 뽑고 갖은 약초를 넣은 물에 닭을 넣고, 삼베주머니에 찹쌀과 녹두를 불려 함께 푹 고았다.

사라네 형제자매들은 온 마당을 펄쩍펄쩍 뛰어다녔다. 입안에는 사탕의 단물이 돌고, 부엌에서 새어 나오는 닭 삶는 냄새에 침이 고였다. 그러나 닭 두 마리로 선비네 일곱 남매와 사위, 선비, 의성댁의 세 아이까지 모두 나눠 먹어야 했으니 돌아오는 몫은 얼마 되지 않았다. 그래도 군위댁은 찹쌀과 녹두를 넉넉히 넣어 식구들 입에 돌아가게 했다.

평산 신씨 사위가 열일곱 살 사라에게 "처제, 그동안 잘 지내셨나요?" 하고 공손히 말을 건네면, 사라는 몸둘 바를 몰라 숨고 싶었다. 하지만 가을이 올 때까지 그가 드나들면서 어느새 익숙해졌다.

그런 모습을 지켜보면서도 사라의 마음속에는 다른 생각이 자라고 있었다. 선비는 입만 열면 삼강오륜과 충효를 말했고, 여자는 때가 되면 남자에게 의지해 살아야 하는 존재처럼 가르쳤다. 하지만 사라는 이해할 수 없었다. 사람은 다 같은데 왜 여자만 참고 살아야 하는지, 왜 여자의 운명은 남자 손에 달려 있어야 하는지 알 수 없었다. 군위댁의 삶을 보고 있노라면 그 의문은 더 깊어졌다.

가을 추수가 끝나자 군위댁은 햅쌀로 떡을 해 한 보따리 마련하고, 그동안 준비한 혼수와 함께 큰딸을 시댁으로 보냈다. 사돈댁에 보내는 예물도 정성껏 만든 떡이 전부였다.

언니의 뒷모습이 멀어지는 것을 보며 사라는 가슴 한쪽이 텅 빈 듯했다. 그 마음을 견디지 못한 사라는 뒷동산에 있는 미루나무에 올라 한없이 울었다.

빛나는 졸업장

그 무렵 사라에게도 졸업식이 다가오고 있었다. 상장 하나 없는 졸업식이었다. 더 이상의 진학은 형편상 어렵다는 것을 이미 알고 있던 사라는 마음속 희망이 서서히 사라지는 것을 느끼고 있었다. 중학교 3학년, 지각을 밥 먹듯 하던 학교생활이었다. 숙제는 옆짝꿍 득이가 거의 대신해 가져왔고, 연필도 미리 깎아 필통에 넣어 나누어 주곤 했다.

바람이 쌩쌩 불던 어느 날, 마침내 졸업식이 열렸다. 교장선생님의 훈사가 끝나자 각종 상이 주어졌다. 공로상, 우등상, 개근상, 3년 개근상…. 특히 3년 개근상은 상품도 제법 컸다. 교장선생님은 성실한 학생이라며 앞으로 크게 될 아이라고 칭찬을 아끼지 않았다. 사라는 아무 상도 받지 못한 채 학교와 이별하는 시간을 맞았다.

"빛나는 졸업장을 타신 언니께 꽃다발을 한아름 선사합니다. 물려받은 책으로 공부 잘하며 우리는 언니 뒤를 따르렵니다."

졸업식장에 이 노래가 울려 퍼지자 여기저기서 훌쩍이는 소리가 났고 이내 강당은 울음바다가 되고 말았다. 사라의 마음에도 지난 3년의 시간이 주마등처럼 스쳐 갔다. 해마다 식목일이면 민둥산을 푸르게 한다며 나무를 심으러 갔던 일, 송충이를 잡겠다며 집게를 들고 산에 올라 봉지 가득 징그러운 벌레를 담다가 머리에 붙어 혼비백산했던 일, 겨울 추위를 이긴다며 전교생이 산에 올라 스크럼을 짜고 내려오다 토끼 한 마리가 친구의 후레아 치마 속으로 파고들어 모두가 놀랐던 일까지 하나하나 떠올랐다.

집이 멀어 숙제할 시간이 없다며 대신 해주던 미숙이, 삼 년 내내 학용품을 나누어 주던 옆짝꿍 경득이, 해바라기처럼 웃으며 늘 간식을 나누어 주던 향숙이, 홀어머니와 살면서도 자주 집으로 불러 밥을 챙겨 주던 말숙이, 약국집 딸이라 배 아픈 사라에게 약을 가져다주던 은숙이, 그리고 날마다 함께 등교하며 무거운 가방을 들어 주던 순이와 경숙이… 모두가 사라의 학교생활 한복판에 있었던 얼굴들이었다. 키 큰 남숙이와 해준이가 사춘기 바람에 서로 마음을 키우다가 담임선생님께 크게 야단맞던 일도 떠올랐다.

사라는 이유도 모른 채 눈물이 하염없이 흘렀다. 정든 친구들과 선생님, 그리고 매일같이 오가던 학교와 헤어진다는 사실이 너무도 서러웠다. 졸업생 60명 가운데 절반은 진학을 했고, 나머지는 그야 말로 학교와 완전히 작별해야 했다. 더 이상 등교할 일이 없다는 사 실에 몸은 한결 편해질 것 같았지만 마음은 이상하게 더 허전했다.

언니가 떠난 빈자리와 끝나버린 학교를 함께 바라보며, 사라는 마음속으로 다짐했다. 이제 자신도 이 답답한 산골과 아버지의 그늘을 벗어나야 한다고. 아버지의 그늘만 벗어나면 하늘을 날 수 있을 것 만 같았다. 그렇게 사라는 언니가 떠나간 도시의 불빛을 향해 남몰래 가출을 꿈꾸기 시작했다.

배가 벌떡 일어나는 날

군위댁의 웃음은 좀처럼 보기 어려웠다. 웃을 시간도, 웃을 일도 없다는 말이 더 맞았다. 부처도 돌아앉는다는 씨앗을 안고 살았으니 오죽했겠는가. 입이 짧아 밥을 잘 먹지 못하던 군위댁은 구정 설을 쇠고 나면 입맛을 잃어버려 한동안 식사를 거의 하지 못했다. 어린 시절 가난 때문에 배불리 먹어보지 못했고, 양반 선비에게 시집와서는 굶지는 않았으나 끝내 입맛만은 돌아오지 않았다. 몸은 바싹 말라 고목에 가느다란 줄기와 잎만 간신히 매달린 듯했다.

그런 군위댁에게도 유난히 입맛이 당기는 음식이 하나 있었다. 밀 농사를 지어 방앗간에서 빻아 온 밀가루로 만든 손칼국수였다. 군위댁은 밀가루에 생콩가루를 한 줌 넣고, 물과 소금을 부어 되직하게 반죽했다. 커다란 옹기 뚜껑에서 치댄 반죽을 안반 위에 올려놓고,

홍두깨로 조심조심 밀어냈다. 한 번 밀고, 다시 반대로 돌려 또 밀었다. 그때마다 마른 밀가루를 한 꼬집씩 뿌려 손바닥으로 쓱쓱 문질렀다. 그런 손길이 몇 번이고 오가면 어느새 둥글고 얇은 면이 되었다. 그것을 왕골자리에 널어 수분을 말린 뒤 반으로 접고 다시 접어 칼질할 모양을 만들었다. 길게 접힌 면은 도마 위로 옮겨지고 군위댁의 손끝에서 쓱싹쓱싹 국수 가락이 되었다.

사라는 그 칼솜씨가 신기해 눈을 떼지 못했다. 군위댁이 면 끝자락을 잘라 건네주면 사라는 그것을 들고 부엌으로 달려가 육수를 끓이는 불 위에 살짝 올려 구웠다. 시간이 지나면 면은 봉긋하게 부풀어 올랐다. 바삭바삭하게 구워진 밀가루면은 그 시절 아이들에게 더 없이 귀한 간식이었다. 간식이 귀하던 때라 맛보다도 무엇인가를 주워 먹는 재미가 더 컸다. 아이들은 국수를 그다지 좋아하지 않았지만 사라에게 그 짜투리 면은 작은 행운처럼 느껴졌다.

왜소한 군위댁은 자기 몸보다 훨씬 큰 안반과 홍두깨를 날렵하게 다루었다. 국수가 커다란 가마솥 안에서 끓어오르면 초가삼간 집 안에는 구수한 냄새가 가득 찼다. 군위댁은 손칼국수 한 그릇을 후루룩 마시듯 비우고 나서 꼭 이렇게 말했다.

"아이구, 드디어 배가 벌떡 일어나네."

한 줌도 안 되는 허리를 가진 군위댁에게 직접 만들어 먹는 국수 한 사발은 허기를 잠재워 주는 거의 유일한 음식이었다.

그 모습을 보고 자란 사라는 어느 날 자기도 국수를 만들어 보기로 했다. 군위댁이 일하러 나간 사이, 혼자 반죽을 하고 자기보다 큰 안반을 대청마루에 깔았다. 왕골자리를 펴고, 키보다도 큰 홍두깨를 들고 엄마를 흉내 내어 밀기 시작했다. 이리 밀고 저리 밀고 사이사이에 마른 밀가루도 뿌려 보았다. 면을 접어 칼질도 했다. 하지만 칼도 도마도 홍두깨도 안반도 모두 땅꼬마 사라에게는 너무 크고 버거운 것들이었다. 면발은 울퉁불퉁하고 길이도 제멋대로였다. 그래도 우물에서 길어 온 물을 가마솥에 붓고 국수를 삶았다.

군위댁이 일을 마치고 돌아오자 사라는 서툰 국수를 내놓았다. 면발은 짧고 들쭉날쭉했고, 너무 퍼져 거의 끊어질 듯했다. 그런데도 군위댁은 깜짝 놀란 얼굴로 맛있게 먹었다.

"아이구 맛있다. 배가 벌떡 일어나네. 다 컸구나."

그 말과 함께 군위댁은 빙그레 웃었다. 좀처럼 보기 힘든 웃음이었다. 그때 사라의 나이 열일곱. 그것은 사라가 제 손으로 만들어 어머니께 대접한 첫 음식이자 마지막 음식이었다.

마방의 첫날밤

선비와 군위댁은 큰딸의 혼례를 치르고 봄과 여름을 보내고 가을을 맞았다. 스물두 해를 품 안에서 키운 딸을 보내니 그 허전함은 말로 다 하기 어려웠다.

군위댁은 혼잣말처럼 중얼거리곤 했다.

"딸은 다 소용없는 기다. 실컷 키워 놓으면 남의 집으로 가삐고, 그래서 아들이 최고라 카지."

그 말 속에는 체념과 서러움이 함께 묻어 있었다. 사라도 언니가 떠난 뒤 산골집이 더 갑갑하게 느껴졌다. 자기 앞에 놓인 삶이 무엇인지 알 수 없었고, 마음은 자꾸만 흔들렸다. 마침내 군위댁에게 어렵게 말을 꺼냈다.

"엄니, 나 학교도 더 못 가고 집에만 있느니, 시집간 언니 곁에 가서 살면 안 될까?"

그러자 군위댁이 낮은 목소리로 말했다.

"느그 아부지 알면 난리 난다. 택도 없는 소리 하지 말고 살림하는 기나 배워라. 여자는 현모양처가 최고다. 나이 차면 좋은 사람 만나 시집가면 된다."

선비는 늘 "여자와 바가지는 돌리면 깨진다"는 지론을 입에 달고 살았다. 그런 선비 아래 딸이 넷이나 있었고, 사라는 셋째딸이었다. 집안에서 사라의 존재는 크지 않았다. 둘째딸 숙이는 그 엄한 아버지 몰래 빨간 미니 원피스를 입고 방송국 노래자랑까지 다녔으니 사라보다 훨씬 대담한 편이었다.

그래도 사라는 틈만 나면 군위댁을 졸랐다. 그러자 어느 날 군위댁이 마침내 선비에게 조심스레 말을 꺼냈다.

"시집간 첫째 바로 옆에 방을 얻어 주고, 둘째 숙이하고 같이 보내면 안 되겠습니까? 저리 가고 싶어 하니 큰딸더러 잘 보살피라 하고 보내입시다."

선비는 버럭 언성을 높였다.

"무슨 소리고! 다 큰 기집아를 어디를 보낸다꼬."

그러나 군위댁은 물러서지 않고 조곤조곤 말을 이었다. 한참 듣고 있던 선비는 끝내 이렇게 말했다.

"다시 생각해 보자."

며칠 뒤, 선비는 의관을 정제하고 도시에 있는 사돈댁으로 향했다. 여느 때처럼 하얀 바지저고리에 두루마기를 걸치고, 검정 테두리가 있는 중절모를 썼다. 손에는 가죽가방을 들고, 구두도 반질반질하게 닦아 신었다.

사돈댁은 사돈 내외와 칠남매, 그리고 큰딸까지 모두 열 식구가 한집에 모여 사는 곳이었다. 좁은 땅에 오두막 같은 집과 가게가 다닥다닥 붙어 있어 복닥복닥한 살림살이가 한눈에 보였다. 그곳에 선비가 직접 찾아간 것은 막 시집간 큰딸 곁에 사라를 맡길 수 있을지 살펴보기 위해서였다.

그 무서웠던 선비가 도시의 사돈댁에 다녀오더니 마침내 허락을 했다. 사라는 속으로만 환희용약했다. 드디어 아버지의 그늘을 벗어나 제 마음대로 미래를 꿈꿀 수 있을 것만 같았다. 아버지가 없는 도시는 장유유서도 남녀차별도 없는 세상처럼 느껴졌다.

신 서방은 자기 집 근처에 자그마한 방을 얻어 처제인 사라와 숙이를 기다리고 있었다. 군위댁은 딸 둘을 시집간 큰딸 곁으로 보내려니 마음이 이상했다. 걱정도 되었고 한편으로는 아이들이 제 앞길을 잘 헤쳐 나가기를 바라는 마음도 컸다.

가서 우선 밥은 해먹어야 하니 군위댁은 쌀과 보리쌀 한 봉지, 배추잎 짠지, 된장 한 사발, 아끼던 고추장, 말려 두었던 무말랭이 오그락지김치까지 바리바리 챙겨 주었다. 숙이와 사라는 보따리를 들고 터미널을 향해 뚜벅뚜벅 걸어갔다. 마치 피난길에 오르는 사람들처럼 짐을 챙겨 집을 나서는 딸들을 바라보는 군위댁의 눈에는 이슬이 맺혀 있었다.

"가거들랑 사돈 어르신께 인사 잘 드리고 느그 언니 귀찮게 하지 마래이."

손가방 한켠에 주소를 챙긴 두 자매는 미지의 땅으로 가는 버스에 올랐다. 안내양이 거칠게 사람들을 밀어 넣고 문을 닫자 버스는 덜커덩거리며 시골집에서 점점 멀어져 갔다. 사라의 가슴은 콩닥콩닥 뛰었다.

버스는 쉴 새 없이 오가고, 길거리에는 사람이 넘쳐났다. 태어나서 처음 보는 풍경이었다. 어디에 눈을 두어야 할지 몰라 사라는 연신 두리번거렸다. 산골과는 너무도 다른 도회지는 낯설고도 어지러웠다. 혹시 길을 잃어버리지는 않을까, 낯선 곳에서 미아가 되지는 않을까. 그래도 둘이 함께라는 것이 그나마 위안이었다.

물어 물어 찾아간 곳은 언니의 시댁이었다. 머리를 곱게 빗어 올리고 단정히 화장한 안사돈 어른이 반갑게 맞아 주었다. 그러나 좁은 집 안에는 신 서방 형제들이 여섯이나 올망졸망 함께 살고 있어 두 자매는 들어서자마자 숨이 막히는 듯했다.

잠시 뒤 바깥사돈 어른이 커다란 리어카를 끌고 가게 앞으로 들어왔다. 얼굴은 온통 숯검댕이였다. 철물점을 하며 연탄을 떼어다 팔고, 또 배달까지 다니는 모양이었다. 낯선 집에 가만히 앉아 있으려니 사라는 식구 많은 살림이 더욱 버겁게 느껴졌다. 눈치가 보여 몸둘 바를 몰랐다. 키도 크고 몸집도 큰 언니는 겨우 몸을 돌릴 수 있을 만큼 좁은 부엌 연탄아궁이에서 밥을 짓고 있었다.

저녁때가 되어 신 서방이 가게로 들어왔다. 그 역시 하루 종일 일을 했는지 웃도리를 벗어 들고 먼지를 탁탁 털어냈다. 자기 동생들 건사하기도 벅찰 텐데, 이제는 처제 둘까지 가까이에서 돌보게 된 셈이었다.

언니가 시집간 곳은 공단이 있는 허름한 도시 빈촌이었다. 굴뚝에서는 방직공장 연기가 솟아올랐고, 근처 철공소에서는 쇠를 깎는 날카로운 소리가 끊이지 않았다. 도시의 첫날밤은 그렇게 어둑어둑 내려앉고 있었다.

보따리는 짐자전거에 가득 실렸다. 언니와 형부의 안내를 따라 앞으로 머물 숙소에 도착한 순간 사라는 눈앞이 캄캄해졌다. 세상에, 이런 곳에서 두 소녀가 살아가야 한다니. 무섭기도 하고 집을 떠나온 것이 문득 후회스럽기도 했다.

도시에 나와 처음으로 얻은 집은 옛날부터 말을 키우던 마방이었다. 나무 판자로 울타리가 되어 있었고 그 안에 하꼬방이 한 개 있었다. 지붕은 천막으로 비를 피할 수 있게 된 무허가 건물이었다. 방 안에는 옛날 부부가 살 때 사용하던 허름한 장롱 한 개와 미닫이 서랍

장이 있었고, 햇대뽀에는 그들이 입던 옷들도 걸려 있었다. 그 부부는 아이를 낳지 못했고 지금은 다른 도시로 돈을 벌러 갔다는 것이다.

그 집을 잠시 빌려 살게 되었다. 그 집 부부와 신 서방은 동네 사람으로 서로 알고 지내던 사이라 허락을 해준 모양이었다. 울타리는 나무 판자조각으로 이어 만들었는데 누구라도 밀면 곧 부서질 것 같았다. 어두컴컴한 내부는 작은 백열등 하나로 밝음을 대신하고 있어 약간은 으시시한 느낌이 났다. 낮에 언니네 집에서 가져온 연탄은 아궁이에서 타고 있었지만 아랫목은 냉골이었다.

사라는 도시에 나와서 처음으로 연탄을 보았다. 구멍마다 불이 붙어 타오르는 모습이 신기했다. 그러나 산골에 있는 아궁이가 그리웠다. 불을 지피면 나무가 타면서 금방 아랫목이 따뜻해졌는데… 시집 간 언니네 집과는 한두 집 건너였으니 잘 살피려는 신 서방의 배려였을 것이다.

숙이는 시골에서부터 하던 홀치기를 하며 도시 생활을 이어 갔고, 사라는 언니를 도와 홀치기를 잘하지는 못하지만 조금씩 하며 지냈다. 낯설고 허름한 자취방에서의 삶이 그렇게 시작되었다.

영자의 전성시대

숙이는 십대 중반의 어린 나이에 홀치기를 배웠다. 손재주가 좋아 금세 일을 익혔고, 산골에서는 제일 먼저 기술을 배운 사람이 되었다. 나중에는 그것을 가르치는 강사이자 중간 역할을 맡는 반장 노릇까지 했다. 동네마다 흩어져 있는 사람들이 홀쳐 놓은 비단을 거두어 중소노시 사상에게 가져다주고, 다시 문양이 새겨질 천을 받아와 나누어 주는 일도 숙이의 몫이었다.

사라는 하루 종일 앉아 쇠꼬챙이에 꿰어진 바늘에 천을 걸고 실로 묶어 가는 그 일이 싫었다. 그렇게 만든 비단이 일본 사람들 기모노로 간다는 이야기를 들었지만 손끝으로 묶고 또 묶는 일은 답답하기만 했다.

마침 가까운 곳에 그 비단을 짜는 회사가 있었는데 사원을 모집한다는 소식이 들려왔다. 자취방에서는 버스를 타고 다녀야 하는 거리였다.

키도 작고 바람만 불어도 날아갈 듯한 몸을 한 사라는 촌티를 미처 벗지 못한 채, 그래도 나름으로 단장을 하고 면접을 보러 갔다. 태어나 처음 겪는 일이니 가슴이 벌렁거렸다. 혹시 떨어지면 어쩌나 싶어 버스 안에서도 마음이 놓이지 않았다.

면접을 보러 온 사람들은 제법 많았다. 큰 사무실에서 순번표를 받아 들고 기다리는데, 그곳 직원들은 하나같이 멋져 보였다. 사라는 괜히 자신이 작고 초라하게 느껴졌다. 사무실에는 남자 직원이 대여섯 있었고, 그중 홍일점인 아가씨 하나가 눈에 띄었다. 긴 머리를 파마해 늘어뜨리고, 얇은 검정 스타킹 사이로 미끈한 다리가 드러나 있었다. 일명 사자머리였다. 배우나 가수들이 하던 머리였다.

사라는 속으로 생각했다. 취직만 되면 자기도 사자머리를 하고 아버지가 없으니 미니스커트도 입어 보리라고.

드디어 차례가 왔다. 큰 사무실 뒤쪽 작은 문을 열고 들어가니 남자가 아니라 단아한 모습의 여사장이 앉아 있었다. 짧은 머리를 우아하게 파마를 했고, 비로드 옷을 위아래로 단정히 차려입고 있었다. 책상 위에는 노트가 반듯하게 놓여 있었고, 첫인상은 깐깐한 중년 여인 같았다.

여사장이 물었다.

“고향이 어디인고?”

“몇 살이고?”

그러더니 사라를 위아래로 훑어보고는 그렇게 조그마한 몸으로 일을 하겠느냐고 물었다. 사라는 겁이 났지만 애써 용기를 내어 대답했다.

“네. 붙여만 주시면 잘할 수 있습니다.”

여사장은 잠시 사라를 바라보더니 알았다며 나가 보라고 했다.

사라는 여러 형제 속에서 잘 먹지도 못했고, 위장도 약해 또래보다 몸집이 한참 작았다. 큰 사무실에 다시 나와 앉아 혹시라도 이름이 불릴까 조마조마한 마음으로 기다렸다. 그리고 마침내 합격자 이름을 부를 때 자기 이름을 들었다.

야호! 합격이었다. 세상에, 처음으로 도시로 나와 공장에 취직을 하게 되다니. 꽃다운 나이의 사라는 그렇게 세상을 향해 조심스럽게 걸음을 내디뎠다. 새벽에 일어나면 언니가 연탄아궁이에 냄비밥을 해 주었고, 사라는 그것을 먹고 회사로 향했다.

그 공장 한켠에는 따로 방직공장이 있었다. 그곳에는 공고를 졸업한 남자아이들이 근무했다. 출근길에 자주 마주치다 보니 그들은 곧 사라에게 관심을 보이기 시작했다. 그들은 고등학교를 마치고 취업했고, 사라는 중학교를 졸업하고 바로 취직한 터라 나이 차이는 서너 살쯤 났다.

공장 한가운데에는 붉은 벽돌로 지은 제법 번듯한 2층 건물이 있었다. 1층은 사무실과 사장실, 2층은 작업장이었다. 사라는 본관 2층에서 홀치기를 마친 원단을 잘라 깁는 일을 맡았다. 그것은 일본 사람들 기모노를 만드는 작업이었다. 군위댁이 바느질하는 것은 늘 보아 왔지만, 막상 제 손으로 홈질을 하려니 쉽지 않았다. 하루에도 수십 번씩 손가락을 찔러 피를 봤다. 그래도 숙련되면 산골에서는 상상도 못 할 돈을 벌 수 있다는 생각에 참을 수 있었다.

공장은 여자 사장에 여자 직원들, 말 그대로 여자 세상이었다. 사무실에 남자 직원이 몇 있었고, 별관 방직공장에만 공고를 나온 총각들이 예닐곱 있었다. 공장에서는 사라 혼자 십대 소녀였으니 심부름하는 일도 많았지만 모두가 어린 사라를 귀여워하고 잘 가르쳐 주었다.

하루가 가고 이틀이 가고 한 달이 지나자 드디어 하얀 봉투에 담긴 월급이 사라 손에 들어왔다. 자그마치 만 원이었다. 쌀 한 가마니 값이었고, 시내버스 요금이 20원 하던 시절이니 큰돈이었다.

사라는 그 돈으로 한창 유행하던 통기타를 배우고 싶었다. 학원에 등록하고 기타 한 대를 샀다. 그렇게 8천 원을 써 버리고 나니 손에 남은 것은 2천 원뿐이었다. 그래도 해 보고 싶은 것은 해 보자 싶었다. 뭔가를 시도해 보고 싶었다.

낮에는 공장에서 일하고, 밤에는 기타학원으로 갔다. 허름한 숙소로 돌아오면 온몸은 피곤했지만 마음은 묘하게 들떠 있었다. 공장에서는 일에 조금씩 탄력이 붙었다. 새벽 일찍 나가 공장 화단을 자발적으로 가꾸기도 하고, 여사장이 있는 붉은 벽돌집 담장 밑에는 시골에서 가져온 담쟁이 넝쿨 모종을 심어 운치를 더하기도 했다.

공장에서 일이 끝나면 곧장 음악학원으로 향했다. 수강생 가운데 여자는 사라 한 명뿐이었고 나머지는 모두 남자였다. 저마다 친절을 베풀었지만 사라에게 이성은 조금도 관심의 대상이 아니었다. 아버지를 떠올리면 남자란 존재 자체가 마음을 닫게 했다.

원장은 기타를 몸으로 가르쳤다. 사라의 등 뒤에 바싹 붙어 꼭 껴안듯 왼손을 잡고 코드를 짚게 했다. 숨이 막힐 것 같은 방식이었다. 그의 담배 냄새와 입 냄새는 견디기 힘들었다. 기타는 다 이렇게 배우는 것인가 싶다가도 한 달 월급의 거의 절반을 털어 학원비를 냈고 기타까지 샀으니 해 봐야겠다고 생각했다.

"울 밑에 선 봉선화야…."

숙소에 돌아와 누워도 기타 소리가 귓가를 떠나지 않았고, 코드마다 달리 짚는 손가락 모양이 저절로 떠올랐다.

도시는 소음과 먼지를 내뿜으며 아침을 맞았다. 무허가 건물 같은 숙소에서 아침을 먹는 둥 마는 둥 하고, 나무판자 울타리에 묶여 있는 대문을 열고 나오면 공단으로 출근하는 사람들로 길은 늘 분주했다. 사라도 종종걸음으로 버스정류장을 향했다.

큰 뜻을 품고 도시로 온 것은 아니었다. 그렇다고 뚜렷한 목표가 있었던 것도 아니었다. 다만 아버지의 구속에서 벗어나고 싶었고, 집에 있어 보아야 마땅히 할 일이 없었다. 도시에서 돈을 벌고, 여유가 생기면 자력으로 고등학교라도 다녀 보고 싶었다. 자식을 열 명이나 거느린 살림은 늘 빠듯했고, 집안 식구들을 실질적으로 먹여 살리는 사람은 어머니였다.

그렇게 낮에는 회사, 밤에는 학원으로 다니는 생활이 이어졌지만 한 달 뒤 사라는 더 이상 학원 등록을 하지 않았다. 원장의 교수 방식이 너무 괴로웠기 때문이다. 담배 냄새와 입 냄새, 그리고 몸을 밀착해 가르치는 방식은 도저히 견디기 어려웠다. 그렇게 첫 번째 도전은 한 달 만에 끝이 났다. 통키타는 허름한 숙소 한 구석을 차지한 채 남아 있었다.

첫 좌절을 겪은 뒤 사라는 더욱 회사 일에 매달렸다. 그렇게 시간이 흘러 어느덧 2년이 지나고 있었다. 사무실에는 미스 지가 있었고, 2층 작업장에는 미스 사라, 딱 2명의 미혼 여성이 있었다. 손바느질하는 작업장 식구들은 대부분 주부였고, 적지 않은 나이의 중년 여성들이 많았다. 같은 울타리 안에 있는 방직공장에서는 결혼하지 않은 공고 출신 총각들이 일하고 있었다. 출퇴근길에 마주칠 일이 잦아지자 사라는 그들에게 자연스레 관심의 대상이 되었다.

사라는 열여덟이 되면서 초경을 시작했다. 큰언니가 시어머니 몰래 반찬을 챙겨다 주었고, 낮에는 회사에서 밥을 먹었다. 키가 너무 작아 학교 다닐 때는 땅꼬마, 땅강아지 소리를 들었는데, 생리를 시작한 뒤로는 키가 갑자기 자라기 시작했다. 휴가 나온 오라버니가 사라를 보고 깜짝 놀랄 정도였다.

"아이고, 이게 누고? 웬 아가씨가 여기 서 있노. 키가 와 이리 컸노."

하늘이 무너질까 봐 크지 못했던 아이처럼 사라는 뒤늦게 키가 자라고 있었다. 제법 아가씨 티가 나고, 촌티도 조금씩 벗을 무렵 방직 공장 총각 하나가 꾸준히 마음을 보였다. 예쁜 머리핀을 사다 주고 둥근 도너츠를 건네주기도 했다. 얼굴이 뽀얗고 선한 인상의 총각이 었다. 퇴근길 회사 담장 아래에서 먹을 것과 선물을 건네곤 했지만 사라의 마음은 좀처럼 열리지 않았다.

그러다 그가 영화를 보자고 했을 때, 사라는 마음이 조금 흔들렸다. 영화라는 것을 한 번도 본 적이 없었기 때문이다. 만경관에 걸린 영화는 〈영자의 전성시대〉였다. 산골에는 1년에 두어 번 가설극장이 들어왔지만 아버지는 절대 가는 것을 허락하지 않았다. 하얀 천막을 둘러치고 입구에서 돈을 받던 그 극장을 동네 머슴애들이 아래를 비집고 들어가 훔쳐보곤 했지만 사라는 한 편도 보지 못했다.

그날 총각은 극장 앞에서 오징어와 땅콩을 사고, 사라와 함께 극장 안으로 들어갔다. 사라는 부푼 가슴으로 자리에 앉았다. 시골에

서 올라와 식모와 여공, 안내양을 거치며 치열하게 살아가던 영자가
결국 사고로 팔을 잃고, 끝내 비참한 삶으로 내몰리는 이야기였다.
창수는 영자에게 의수를 만들어 주고 보듬으려 애쓰지만 영자는 불
속에서 죽고 만다.

처음 본 영화는 그렇게 화려한 꿈이 아니라 더 깊은 슬픔으로 사
라의 마음에 들어왔다.

4장

검은 제복

천사를 따라 나선 길

깊은 산골을 벗어나 도시에서 공장에 다니던 사라의 마음을 송두리째 흔들어 놓은 사람들이 있었다. 어느 날 일이 끝난 뒤, 검은 옷차림의 두 여인이 여사장이 머무는 숙소에서 나오는 모습을 보았다. 단정한 검은 복장에 자그마한 가방을 들고 사뿐사뿐 계단을 내려오는 그 모습은 사라의 눈에는 마치 천사처럼 보였다. 그날 이후 사라의 마음속에는 그들이 누구인지, 어떻게 하면 저들처럼 살 수 있는지에 대한 궁금증이 깊이 자리잡았다.

어느 날 여사장이 작업장에 들렀을 때 사라는 용기를 내어 물었다.

"사장님, 그때 까만 옷을 입고 온 사람들은 어떤 사람입니까?"

여사장은 되물었다.

"그게 왜 궁금하니?"

사라는 머뭇거리다 솔직하게 말했다.

"보통 사람들하고는 달리 특별해 보였어요. 저도 그렇게 특별하게 살고 싶어요. 보통 여자들처럼 사는 삶은 마음에 들지 않습니다."

그러자 여사장은 잠시 사라를 바라보다가 말했다.

"그럼 이번 일요일 나랑 같이 가 보자."

그날은 소풍 가는 날보다 더 기다려졌다. 마침내 여사장의 차를 타고 그들이 사는 곳으로 향했다. 고급 승용차 안에 가득한 낯선 향기는 산골에서는 한 번도 맡아보지 못한 것이었다. 그 향기와 함께 사라의 가슴은 방망이질하듯 뛰었다. 쿵쾅쿵쾅.

도착한 곳의 건물 안에는 어른도 많고 청소년도 많았다. 여사장은 어른들이 모인 쪽으로 갔고, 사라는 청년들이 있는 자리로 들어갔다. 회장인 듯한 잘생긴 청년이 사라를 소개하자 우레 같은 박수가 쏟아졌다. 처음 겪는 광경에 사라는 정신을 차릴 수 없을 만큼 얼떨떨했다.

사라는 어려서부터 군위댁이 정화수를 떠 놓고 비는 모습을 보며 자랐다. 군위댁은 새벽이면 우물에서 물을 길어 장독대 위에 올리고, 두 손을 비비며 "비나이다, 비나이다, 칠성님께 비나이다. 우리 아이들 건강하고 공부 잘하게 해 주세요" 하고 빌었다. 그런데 이곳의 기도는 전혀 달랐다. 신호에 맞춰 여럿이 함께 기도하고, 말씀을 듣고, 끝나면 함께 밥을 먹었다.

낯설어서 쉽게 적응되지는 않았지만 존경하던 여사장이 이끈 곳이었기에 사라는 참아 보기로 했다. 그렇게 일요일마다 따라다니다 보니 차츰 그 생활도 익숙해졌다. 주중에는 공장에서 일하고, 주말에는 신앙생활을 하며 사라의 삶은 조금씩 넓어지고 있었다. 청년회에서 등산도 가고 봉사도 했다.

새로운 삶의 방식이 몸에 익어 갈 무렵 까만 옷을 입은 선녀 같은 한 사람이 사라에게 조용히 물었다.

"사라야, 너 우리와 같은 삶을 살고 싶지는 않니?"

그 말을 듣는 순간 사라는 귀를 의심했다. 많은 사람들이 그들에게 공경을 바치는 모습을 이미 보아 왔기 때문이다. 그렇다면 자기도 그런 삶을 살 수 있다는 뜻일까. 과연 그런 일이 자기에게 가능하기나 한 것일까. 사라는 중학교 졸업이 전부인 공장 여공에 지나지 않았다.

"배운 게 없는데 가능할까요?"

사라가 묻자 공부를 시켜 주겠다는 답이 돌아왔다. 그 말은 사라의 마음을 완전히 움직여 놓았다. 산골에서 도시로, 도시에서 다시 수도자의 길로. 사라는 새로운 길을 따라 나서게 되었다.

부모의 허락도 받지 않았고, 함께 살던 큰언니와도 상의하지 않았다. 회사도 그만두고 사라는 청운의 꿈을 안고 수도자의 길로 들어섰다. 산골에서 도시로 나온 것만으로도 큰 변화였는데 이제는 수도의 삶이라니. 어느덧 십대를 지나 스무 살 언저리에 이르렀던 사라는 이성에는 조금도 관심이 없었고, 다만 특별한 삶을 꿈꾸고 있었다. 그래서 이 길은 한 번 도전해 볼 만한 가치가 있다고 여겼다.

작은 지소가 새로 생기자 선녀처럼 보이던 한 분과 사라는 그곳으로 파견되었다. 그분은 주임이었고, 사라는 그를 보조하는 역할이었다. 주임은 사람들을 만나 상담하고, 가정을 방문하여 그들의 애환을 함께하며 교화하는 일을 맡았다. 사라는 주로 밥을 짓고, 청소하고, 빨래를 하는 등 가사노동을 도맡았다. 말하자면 보조이자 살림꾼이었다.

사라가 어느 날 갑자기 회사를 그만두고 집을 떠났으니 부모가 받은 충격을 컸다. 유학자였던 선비는 크게 노했고, 군위댁은 식음을 전폐할 만큼 슬퍼했다. 딸이 어디에 있는지도 모른 채 결혼도 하지 않는 삶을 산다고 하니 기가 막혔을 것이다. 사라도 부모 마음이 얼마나 아픈지 알았지만 이미 선택한 길이니 감당할 수밖에 없다고 생각했다.

그러나 회사생활에 잘 적응하던 사라에게 수도의 삶은 상상 이상으로 버거웠다. 연탄아궁이와 석유곤로로 밥을 짓고 국과 반찬을 해야 했지만 해보지 않은 일이 많아 늘 서툴렀다. 밥은 설익기 일쑤였고, 반찬도 할 줄 아는 것이 많지 않았다. 어렵게 차려도 주임은 기뻐하기보다 꾸짖는 일이 더 많았다.

일요일이나 신자들이 모이는 날이면 단체급식도 사라의 몫이었다. 청소도 혼자 해야 했고, 모시는 분의 개인 수발까지 따라붙었다. 안 해 본 일투성이였다. 갓 스무 살을 넘긴 사라에게는 감당하기 벅찬 나날이었다. 숨어서 우는 날도 잦았다.

게다가 새벽기도 시간을 알리는 종지기 역할까지 맡게 되었다. 태엽시계를 감아 새벽 다섯 시에 맞춰 놓고 자리에 들었다가 그 시간에 일어나 대문을 열고 기도하러 오는 사람들을 맞을 준비를 해야 했다. 하지만 낮 동안의 노동에 지친 몸은 자주 시계 소리를 놓쳤다. '따르릉 따르릉' 울려도 일어나지 못한 날이면 어김없이 호된 꾸중이 돌아왔다. 그때마다 사라는 뜨거운 눈물을 삼켜야 했다.

수도란 혼나는 일인가 하는 자괴감이 들 때도 있었다. 그러나 또 한편으로는 이 고된 과정을 견뎌야만 많은 사람들의 존경을 받는 것인가 싶어 스스로를 달래기도 했다. 사라가 보기에 그 선녀 같은 주임은 신자들에게는 한없이 친절했지만 정작 사라에게는 사납고 인색했다. 늘 가시방석에 앉은 듯한 마음이었다.

그렇게 힘든 시간을 보내면서도 사라는 부모나 언니들에게 한 번도 내색하지 않았다. 스스로 선택한 길이었으니 견뎌야 한다고 믿었다. 이 길을 버리면 다시 집으로 돌아가야 할 것 같았고, 돌아가면 엄한 선비 아버지에게 뼈도 못 추릴 것 같았다. 어쩌면 그것은 본의 아닌 가출이기도 했다. 허락 없이 나온 길이었으니 그 대가도 혼자 감당해야 했다.

거의 4년 가까운 시간이 흘렀지만 사라는 한 번도 집에 가지 못했다. 아니, 보내 주지 않았고 가면 안 되는 줄로만 알았다. 그곳에 들어간 지 일 년쯤 되었을 무렵 둘째언니가 결혼식을 올리게 되었지만 사라는 가고 싶어도 갈 수 없었다. 마음이 몹시 아팠다.

그런데 신혼여행을 다녀오는 길에 숙이 언니와 새 형부가 일부러 사라가 있는 처소를 찾아왔다. 둘은 대문 밖에서 잠시 인사만 나누고 돌아갔다. 사라는 그 뒷모습을 바라보다가 문득 생각했다. 종교란 본디 훈풍처럼 만물을 살리고 사람을 살리는 것이어야 하는데 어째서 이곳은 이렇게 싸늘하고 차가운가 하고.

선녀님의 세족식

기역자 한옥집의 부엌은 윗채와 아랫채가 꺾이는 자리에 있었고, 화장실과 세면장은 대문 근처에 따로 붙어 있었다. 부엌이라 해봐야 작은 찬장 하나와 연탄아궁이 두 개가 전부였고, 비상시에 밥을 짓는 석유곤로가 하나 더 있을 뿐이었다. 연탄불이 꺼지거나 약하면 곤로에 밥을 지어야 했다. 바깥에 딸린 부엌은 계절을 고스란히 견디며 밥을 해야 하는 곳이었다. 그곳은 또 선녀님이 아침저녁으로 씻는 세숫물과 뒷물을 데우는 자리이기도 했다.

새벽에는 일찍 일어나 신자들을 맞이했고, 그 뒤에는 부엌에서 선녀님의 세숫물을 데워 안방으로 난 쪽문으로 들여보냈다. 물은 너무 뜨거워도 안 되고 너무 차가워도 안 되었다. 미지근하면서도 약간 따뜻해야 했다. 한 번 씻은 물은 받아 바깥에 버리고, 다시 새 물을 데워 들였다. 그리고 흘린 물을 걸레로 닦아 내야 비로소 아침 세안이 끝났다.

한낮의 갖가지 일이 끝나면 또 저녁이 왔다. 선녀님의 안방에서는 하루를 마무리하는 씻는 의식이 이어졌다. 저녁에는 뒷물이 더해졌다. 전용 그릇에 손을 넣어 물 온도를 살핀 뒤 쪽문으로 들여보내면 선녀님은 방 안에서 아랫도리를 씻었다. 한 번은 물이 너무 뜨거워 크게 꾸중을 들었다.

"얘, 넌 사람 잡으려고 이런 뜨거운 물을 주냐?"

양철지붕이 찢어지는 듯한 목소리가 귓전을 때렸다.

선녀님은 방 안에서 이를 닦고, 뒷물을 하고, 세수를 하고, 발도 씻었다. 하루 일과 가운데 그녀를 씻기는 일도 중요한 몫이었다. 한겨울이면 선녀님은 꼭 방 안에서 씻었고, 사라는 바깥 부엌에서 덜덜 떨며 수발을 들었다. 기역자 한옥집 구조상 세면장과 화장실이 대문 옆에 떨어져 있었으니 불편하기도 했지만 그 불편은 언제나 사라의 몫이었다.

처소를 옮기게 되었을 때는 신작로 이차선 도로를 건너 새집으로 짐을 나르는 일이 계속되었다. 2층으로 오르는 계단은 사람이 그냥 서서 걸어도 머리가 닿을 만큼 낮은 구석이 있었다. 머리에 짐을 이고 오르려면 허리를 숙여야 했다. 하루에도 몇 번씩 짐을 머리에 이고 오르내리다 보니 허리가 아파 꼼짝할 수 없게 되었고, 끝내 정형

외과에서 치료까지 받아야 했다.

그 이삿날 여동생이 언니를 보러 왔다. 초라한 몰골로 머리에 짐을 이고 오르내리는 사라를 보고는 그만 울음을 터뜨렸다.

"언니, 이건 아닌 것 같다. 이렇게 고생하는 게 뭐 수도하는 거야."

동생의 말에 사라의 마음도 흔들렸다. 그런데 짐을 옮기느라 시간이 지체되어 처소에 늦게 도착하자 선녀님은 다짜고짜 사라의 긴 머리채를 움켜잡아 시멘트 바닥에 내동댕이쳤다.

"야, 이 못된 년아! 허락도 없이 길에서 자빠져 노냐!"

가녀린 몸의 사라는 차가운 바닥에 나동그라졌다. 그 모습을 본 여동생은 울며 집에 가자고 매달렸지만 사라는 대학생이 되고 어엿한 수도자가 되어야 한다는 생각 하나로 뜨거운 눈물을 속으로 삼켰다.

떠날 날을 기다리며

하루가 가고 또 하루가 가더니 마침내 2월이 왔다. 사라의 마음은 이미 이곳을 떠나 있었고, 본고사를 치르러 갔던 학교와 기숙사가 자꾸 눈앞에 아른거렸다. 살얼음판 같던 예비수련의 첫 관문이 거의 끝나가고 있었다. 목표한 대학에 입학해 떠날 날만 손꼽아 기다리던 사라는 보고 싶은 어머니를 끝내 찾아가지 못했다. 아버지가 가만두지 않을 것 같았기 때문이다. 둘째딸 숙이의 머리를 깎아 집에 가두기까지 했던 사람이 선비 아버지였다. 3년 반이 넘도록 온갖 잡일과 꾸중 속에서 버텨 온 사라는 이제 하루라도 빨리 선녀님의 곁을 떠나고 싶었다.

사라가 그곳에 들어온 얼마 뒤부터 처소를 드나들던 성국이라는 동갑내기 남학생이 있었다. 그는 예비고사를 우수한 성적으로 치르고 서울대학교에 원서를 낼 만큼 공부를 잘했다. 지방에서 가장 공부 잘하는 학생들이 모여 다닌다는 K고등학교 출신인 그는 낙방한 뒤로 거의 날마다 찾아왔다.

"성국아, 오늘은 문서 철하고 표지에 라벨도 붙여라."

선녀님이 시키면 그는 "네" 하고 일을 했다. 일이 끝나면 아랫목에 담요를 덮고 잠들기도 했다. 그런 모습을 너무도 자연스럽게 받아들이는 선녀님이 사라는 이상하기만 했다. 어디를 가든 그는 선녀님을 따라다녔다. 나이는 사라와 같았지만 어쩐지 그는 사라보다 훨씬 선녀님 가까이에 있는 사람처럼 보였다. 그는 어느새 사라가 밥을 해 주는 안방 손님처럼 되어 있었다. 하루라도 오지 않으면 '오늘은 왜 안 오지, 어디 갔나' 하고 사라도 저도 모르게 기다리게 되었다.

그러던 어느 날 성국이가 웃옷을 찢어 던지며 이층 난간에서 뛰어내리겠다고 소동을 벌였다. 겨우 말려 놓자마자 휙 처소를 나가 버렸다. 그날 밤 사라와 선녀님은 성국이를 찾아 도시의 어두운 골목을 헤매고 다녔다. 왜 그런 짓을 했을까. 원하던 대학에 가지 못해서였을까, 아니면 선녀님을 사랑했으나 받아들여지지 않아 그런 것이었을까. 스무 살 갓 넘긴 사라는 점점 더 혼란스러워졌다. 열두 살이나 어린 학생과 선녀님은 도대체 어떤 관계일까.

겨울방학이 되면 선녀님의 어머니가 손주를 데리고 찾아와 한 달

남짓 머물다 갔다. 연탄불에 냄비밥을 해 가며 식사를 준비해야 했으니 그 수고로움을 말해 무엇하랴. 수도자의 삶을 사는 딸이 얼마나 보고 싶었을까 이해해 보려 했지만 사라에게는 시어머니가 하나 더 생긴 셈이었다. 가르치려는 뜻이었겠지만 사라는 도망치고 싶기만 했다.

김장김치가 시어질 즈음이면 통배추를 사다 놓고, 추운 겨울에 돌확을 씻게 한 뒤 통고추를 갈게 했다. 식은밥 한 줌을 넣어 들들 갈아 양념을 만들고 선녀님 입맛에 맞는 김치를 담갔다. 선녀님의 어머니는 집에서 딸이 좋아하는 것을 잔뜩 싸 들고 왔지만 정작 처소에서는 사라에게 날마다 새로운 음식을 만들게 했다. 어린 사라의 수고 따위는 안중에도 없어 보였다. 사라는 자신의 딸을 보조하는 도구에 지나지 않는 듯했다.

어느 날 선녀님은 어머니와 조카를 대접할 것을 사러 재래시장에 가자고 했다. 이런저런 것을 둘러보다 끝내 사과 한 상자를 샀다. 나무 상자는 거의 20kg에 가까웠고, 그것은 자연스레 사라의 머리 위에 올려졌다. 지푸라기로 만든 또아리를 받치고 낑낑대며 일어나 걸어오는데 무게를 못 이겨 주저앉고 싶을 만큼 힘이 들었다. 겨울바람은 신천을 타고 와 사라의 손과 얼굴을 사정없이 후려쳤다. 선녀님은 손바닥만한 누비 파우치를 손가락에 걸고 그 뒤를 달랑달랑 따라오고 있었다.

배꼽에 핀 종기

사라는 어려서부터 몹시 허약했다. 꼬챙이처럼 깡마른 몸, 40kg 남짓한 왜소한 체구였다. 병약한 몸과 달리 마음만은 강했다. 가난한 농촌의 선비 밑에서 셋째딸로 자란 사라는 가족과 부모의 동의도 없이 더 나은 미래를 만들겠다고 본의 아니게 가출의 길을 택했다. 누가 누구를 억압하지 않는 세상, 차별받지 않고 저마다 꽃처럼 피어나는 삶을 꿈꾸며 한 걸음씩 세상을 향해 나아갔다.

그러나 새로운 길에는 소통이 없었다. 언제나 일방통행이었고 사랑도 자비도 없는 삭막한 생활이 이어졌다. 사라는 그 단체가 존립하는 데 필요한 하나의 부품처럼 살아야 했다. 또 하나의 커다란 절벽 앞에 선 듯 시린 가슴을 품은 채 날마다 버텨야 했다. 새벽부터 밤까지 기계처럼 움직였고, 잠자는 시간만이 겨우 허락된 자유 같았다. 그러나 그것마저 편하지 않았다. 새벽에 일어나지 못할까 봐 머리맡에 알람시계를 두고 선잠을 자야 했기 때문이다. 이렇게 사는 것이 수련일까. 고행을 견뎌야 훌륭한 사람이 되는 것일까. 온갖 생각이 머릿속을 맴돌았다.

부모님은 무섭고 엄했지만 적어도 그 밑바닥에는 사랑이 있었다. 그래서 견딜 수 있었다. 그러나 남녀 차별과 억압을 참지 못해 집을 나왔던 사라는 이곳에서 또 다른 억압과 마주하고 있었다. 종일 업무 지시는 있었지만 인간적인 대화는 없었다. 바깥에서 볼 때는 근사해 보이지만 안으로 들어오면 싸늘한 시선이 뱀이 스쳐 지나가는 것처럼 피부를 훑고 지나갔다.

일 년이 다 되어 갈 즈음, 사라는 방송통신고등학교에 입학하게 되었다. 학교라 해도 한 달에 두 번 출석하고 평소에는 방송으로 공부하는 방식이었다. 다시 주경야독이 시작되었다. 새벽부터 업무에 시달리다 보면 책을 펼 시간은 거의 없었다. 밤늦게 트랜지스터 라디오를 켜고 강의를 듣다가도 피곤한 몸은 어느새 잠에 빠져들곤 했다. 자다 깨면 라디오 속 선생님은 혼자 열심히 강의를 계속하고 있거나 이미 시간이 지나 지지직거리는 소음만 흘러나오고 있었다.

그러다 출석하는 날이 오면 가방을 싸 들고 학교로 갔다. 출석일은 정기집회날과 겹쳐 더 바빴다. 새벽에 일어나 청소를 하고 선녀님의 아침밥을 차려 드리고 설거지를 하고 낮에 올 신자들의 점심까지 미리 준비해 둔 뒤에야 학교로 갈 수 있었다. 거기에 도시락까지 챙겨 학교에 도착하면 사라는 책상에 엎드려 곯아떨어지기 일쑤였다.

처음에는 선생님들이 깨우거나 나무랐지만 사정을 알고 난 뒤로는 그냥 두었다. 학교는 한 달에 두 번 바깥세상과 만나는 출구였고 사라에게는 숨을 고를 수 있는 유일한 휴식처였다. 엎드려 자다가 침을 흘리기도 하고 깜짝 놀라 깨기도 했다. 피로가 조금 가시면 다시 책을 펼쳤다.

국민학교 6학년 때 담임선생님은 아주 사나운 분이었지만 통지표에 '고추는 작아도 맵듯이 사라는 작아도 공부는 잘합니다.'라고 적어준 그 한 문장은 오래도록 사라를 붙들어 주었다. 비록 학교에서는 엎드려 잠을 자는 처지일지라도 어떻게든 해낼 수 있다고, 예비 수련인의 역할은 잘하지 못해도 공부만큼은 잘할 수 있다고, 사라는 스스로를 다독였다.

새벽 네 시 반에 일어나 하루 종일 이어지는 생활은 여느 때와 다름없었다. 어느 날 선녀님의 명령이 떨어졌다.

"얘, 사라야. 오늘은 이불 껍데기를 벗겨 빨아서 다시 꿰매도록 하거라."

한 번도 해 보지 않은 일을 혼자 해야 했다. 자상하게 가르쳐 줄 법도 한데 그녀는 허공에 말을 던지듯 지시만 하고 외출해 버렸다.

사라는 이불을 펼쳐 가위로 호청을 벗겨 내고, 손빨래로 씻어 삶았다. 다림질을 한 뒤 다시 꿰매기 시작했다. 큰 바늘은 수시로 손가락을 찔렀다. 모서리에 이르자 도무지 감이 잡히지 않아 새 이불을 꺼내 모서리를 풀어 보며 흉내 내어 겨우 마무리했다. 오후 늦게 선녀님이 들어왔을 때 사라는 작은 기대를 품고 말했다.

"이불호청 마무리했어요."

"그래, 어디 보자."

선녀님은 잠시 살펴보더니 손에 든 가위로 호청을 다시 뜯어 버렸다.

"이 따위로 해서 덮으라는 거야?"

오늘은 칭찬을 받을지도 모른다는 기대가 산산이 부서졌다. 이유는 풀을 먹여 밟아 다시 호청을 씌워야 한다는 것이었다. 하루 종일 애쓴 수고는 물거품이 되었다. 큰 그릇에 담긴 호청은 다시 물 속으로 들어갔고 사라는 그 위에 얼굴을 묻고 소리 없이 울었다. 밀가루 풀을 쑤어 광목 호청에 바르고, 널어 말리고, 밟고, 다림질해 다시 씌우는 과정을 마치자 마음 깊은 곳에서 슬픔이 북받쳐 올랐다.

도대체 도를 닦는다는 것, 수련이란 무엇일까. 왜 고통을 통해서만 사람은 단련되어야 할까. 노동하는 것이 곧 수행일까. 선녀님은 사라의 몸과 마음에는 조금도 관심이 없었다. 그녀에게 사라는 일하는 손, 그 이상도 이하도 아니었다. 개인 수발을 드는 몸종이자 살림을 책임지는 가정부에 불과했다. 공부를 시켜 주겠다며 시작한 수련은 사라에게는 거의 고행에 가까웠다.

그러던 어느 날, 배꼽 주위가 단단하게 부풀어 오르며 염증이 생기기 시작했다. 사라는 아프다는 말조차 하지 못하고 참고 또 참았다. 말해 봐야 냉랭한 선녀님이 신경 써 줄 것 같지 않았기 때문이다. 그러다 어느 날, 발로 방을 닦고 있는 모습을 본 선녀님이 노발대발했다.

"너 어디서 그 따위로 성의 없이 닦고 있어? 그 못된 버릇 당장 치워!"

양철지붕 떠는 소리처럼 날카로운 음성이 쏟아졌다. 너무 서럽고 아파서 사라는 그 자리에 주저앉아 대성통곡을 했다.

"배에 종기가 나서 엎드릴 수가 없어요. 너무 아파서 참을 수가 없어요."

배는 염증으로 부풀어 있었고, 그 안에는 고름이 가득 차 있었다. 선녀님은 그제야 사라의 배를 보고 버스를 타고 한참 가야 하는 한의원으로 보냈다. 한의원에서 행정을 보던 남자 선생님이 배를 보더니 혀를 찼다.

"아유, 어떻게 이렇게 되기까지 그냥 두었어요?"

요지를 가져와 곪은 자리를 살짝 찌르자 고름이 쏟아져 나왔다. 꾹꾹 눌러 빼낼 때는 아팠지만 살 것 같았다. 그는 긴 거즈를 약물에 푹 담근 뒤 핀셋으로 상처 속 깊이 밀어 넣었다. 사라의 괴로운 마음이 쌓이고 쌓여 배 한가운데 깊숙이 곪게 한 것만 같았다. 사라는 그제야 자기 몸도 더는 버티기만 할 수는 없다는 것을 알게 되었다.

쑤셔 놓은 상처는 새살이 돋으려는지 밤새 욱신거렸다. 어린 사라를 치료해 준 사람은 의사도 한의사도 아니었다. 그저 한의원을 운영하는 사람이었다. 항생제 처방 하나 없이 이틀에 한 번씩 찾아가 박아 두었던 거즈를 빼고 다시 머큐롬에 적신 거즈를 상처 속으로 밀어 넣는 것이 전부였다.

"아이구, 큰일날 뻔했어. 하마터면 배에 구멍이 뚫릴 뻔했잖아."

그 남자는 웃으며 말했지만 사라에게는 웃을 일이 아니었다. 다만 시간이 흐르자 거즈의 길이는 점점 짧아졌고, 배의 종기는 서서히 새살을 올렸다.

비둘기호를 타며

사라는 다시 원래의 생활로 돌아갔다. 쓸고 닦고, 밥과 반찬을 만들고, 한 달에 두 번 학교에 가는 생활이었다. 학교에서 세 살 어린 남이를 만나 친하게 지냈다. 그녀는 전라도 구례가 고향이었고, 산부인과 병원에서 가정부로 일하면서 틈이 나면 무면허 간호조무사 일까지 거들고 있었다. 둘은 처지가 비슷해 금세 가까워졌다.

그러다 어느 날 남이가 사라의 처소에 놀러 왔고, 선녀님과도 가까워졌다. 사라는 조그맣고 허약했지만 남이는 키도 크고 반찬도 잘했다. 병원에서 가정부 일을 했던 덕분이었다. 사라보다 훨씬 쓸모 있어 보이던 남이는 선녀님의 권유로 병원을 그만두고 함께 살게 되었다.

그 아이는 싹싹했고 일도 잘했으며 방실방실 웃는 얼굴도 예뻤다.

그 아이에 비해 사라는 무엇 하나 제대로 할 줄 모르는 사람처럼 느껴졌다. 처음에는 사라를 따르던 남이가 어느새 선녀님과 단짝이 되었고, 사라와는 점점 멀어졌다. 방이 두 개였는데 선녀님과 남이는 함께 자고, 사라는 다른 방에서 혼자 밤을 보냈다. 사라에게는 한없이 쌀쌀맞던 선녀님이 남이와는 깔깔대며 웃는 모습을 보면 말로 다 할 수 없는 외로움이 밀려왔다. 그래도 참아야 한다고, 학교에 가야 한다고, 지금보다 더 나은 사람이 되어야 한다고 스스로를 다잡았다.

드디어 3학년이 되었고, 사라는 대학을 가기 위해 입시를 준비하고 있었다. 남이도 입시를 준비했다. 고된 일상 속에서도 밤이면 죽기 살기로 공부했다. 자다가도 눈을 뜨면 다시 책을 들었다. 참고서 한 권 없이 필기구도 변변치 않았지만 열정만큼은 그 어떤 입시생에게도 뒤지지 않았다. 수학과 과학은 도저히 감당이 되지 않아 접어두고, 자신 있는 과목에 집중했다.

예비고사를 앞두고 있었지만 선녀님의 노동 강도는 조금도 줄어들지 않았다. 예비수련기의 마지막 해이기도 했고, 사라 인생이 크게 꺾이느냐 뻗어나가느냐의 갈림길이기도 했다. 체력장 시험은 20점이 만점이었는데 운동신경이 없는 사라는 16점에 머물렀다. 달리기, 던지기, 매달리기 어느 것 하나 만점을 받을 수 없었다. 1점이 아쉬웠지만 어쩔 수 없었다.

운명의 날이 왔다. 시험을 보러 가는 날도 평소와 다르지 않게 일을 시켰다. 1분 1초가 아쉬웠지만 선녀님을 거스를 수는 없었다. 엿이나 찰떡을 사주며 응원해 주는 부모도 친구도 없었다.

함께 근무하던 남이도 시험을 치르러 갔다. 사라는 마지못해 "시험 잘 봐라" 하고 말했고, 남이는 "언니도 시험 잘 봐"라고 답했다. 둘은 이미 우정에 금이 갈 대로 간 사이였다. 입으로만 서로를 응원할 뿐이었다. 언제나 선녀님과 남이는 한편이었고, 사라는 외톨이였기에 피해의식도 컸다. 선녀님마저 "시험 잘 보고 와"라고 했지만 셋은 모두 마음에 없는 말로 서로를 응원하고 있었다.

수험생 사라는 시험 내내 가슴이 제멋대로 뛰었다. 심호흡을 하고 기도도 하며 마음을 다잡았다. 그런 외중에도 아는 것부터 차분히 풀어 나갔다.

시험을 무사히 치르고 돌아오는 길, 사라의 마음에는 설명하기 어려운 허전함과 큰일 하나를 끝냈다는 안도감이 뒤섞여 있었다.

한 해가 저물어 가고 있었고, 12월 1일 마지막 달력을 뜯어내는 순간 지긋지긋하던 수련 생활도 비로소 끝이 보이기 시작했다. 사라의 마음은 이제 12월 19일 예비고사 합격 발표일에 매달려 있었다. 만일 합격하지 못한다면 다시 어디로 가야 할지 알 수 없었다. 선녀님 곁으로 되돌아가는 일은 사라에게 거의 절망처럼 느껴졌다.

'제발 붙어라, 꼭 붙어라.'

사라는 주문처럼 그 말을 되뇌었다. 스스로 돌아갈 길을 끊어 버린 터라 그 합격은 더욱 절실했다.

마침내 예비고사 합격 발표일이 다가왔다. 사라는 밤새 잠을 이루지 못했다. 대학의 문턱을 넘느냐 마느냐가 바로 그날 결정되기 때문이었다. 방송통신고등학교 벽에 붙은 대자보를 따라 번호를 하나씩 훑어 내려갈수록 몸은 사시나무 떨리듯 흔들렸다. 곁에서는 남이도 자기 수험번호를 찾고 있었다.

마침내 사라는 자기 수험번호를 발견했다.

"야호! 붙었다. 붙었어. 합격이야, 합격!"

만학도였던 사라는 남의 이목 따위는 상관없었다. 폴짝폴짝 뛰며 뜨거운 눈물을 흘렸다. 고생 끝에 얻은 희망의 시작이었다. 한참 기뻐하다가 문득 남이가 떠올랐다. 아무리 둘러봐도 보이지 않았다. 교문을 나서다 담벼락 아래에서 혼자 눈물을 훔치고 있는 남이를 보았다. 낙방의 고배를 마시고 홀로 울고 있었다.

선녀님과 한편이었던 일을 떠올리면 밉기도 하지만 한편으론 남이가 가여웠다. 얼떨결에 사라를 따라와 수도자의 삶을 꿈꾸어 본 아이였다. 어떤 인연으로 같은 처소에서 살게 되었는지 알 수 없는 일이었다. 남이는 대학에 갈 티켓을 얻지 못했고, 사라는 그 티켓을 손에 쥐었다.

사라는 다음 해 1월 초에 치르는 본고사를 위해서도 꾸준히 공부했다. 마침내 원하던 학교에서 본고사를 치르고 합격까지 하게 되었다. 새로운 단계의 학업이 눈앞에 열리고 있었다.

사라가 3월에 대학 기숙사로 들어간 뒤 얼마 지나지 않아 남이가 고향 구례로 돌아갔다는 소식이 전해졌다. 남이는 일 년 남짓한 예비수련기를 온갖 노동으로 견디다가 끝내 떠나고 말았다. 종교라는 이름 아래 치러진 노동에는 아무런 보상도 없었다. 남이도 쉽지 않은 마음으로 고향 구례로 돌아갔다.

이제 고된 수련과도 작별할 시간이었다. 괴나리봇짐 속에는 갈아입을 속옷 몇 가지와 평상복 한두 벌이 전부였다. 모든 고통과 아픈 추억을 내려놓고 선녀님과 하직 인사를 마친 뒤 기차를 타러 가는 길은 발걸음마저 가벼웠다. 역마다 서는 가장 저렴한 비둘기호를 끊었다. 우등열차가 오면 비켜 주며 가는 기차라 시간이 오래 걸렸지만 사라의 마음은 벌써 저만치 앞서가고 있었다.

촛불 서원식

뉘엿뉘엿 해가 서산 가까이 기울 무렵 목적지에 도착했다. 얼마나 넓고 큰지 사람은 또 왜 그리 많은지 가슴이 설렜다. 같은 과 학생들은 모두 기숙사에 들어가야 했다. 남학생은 남자 기숙사에, 여학생은 여자 기숙사에 따로 지냈다. 기숙사에는 사감과 부사감이 상주하며 생활지도와 수련지도를 맡고 있었다.

남녀 학생들이 모두 한자리에 모여 자기소개를 했고, 사감 선생님의 환영사 겸 훈사가 이어졌다. 새벽이면 모두 모여 명상과 기도를 했고, 낮에는 학교에서 교수들의 강의를 들었다. 저녁이면 다시 한자리에 모여 수련을 하고 하루를 점검했다. 사라는 학과 대의원이 되어 교수와 학생들 사이의 소통을 맡게 되었다.

국가적으로는 격동의 시대였다. YH무역사건이 일어나 유신체제의 도덕성에 큰 타격을 주었고, 김영삼 총재는 유신을 비판했다는 이유로 의원직에서 제명되었다. 그에 대한 반발은 결국 부마항쟁으로 이어졌고, 이어 10월 26일 박정희가 김재규의 총탄에 쓰러지면서 18년 유신체제는 몰락의 길로 접어들었다. 사라의 삶도 그 격동을 온몸으로 받아내야 했다.

어릴 적 산골에서는 선비인 아버지가 우주의 중심이자 법이었다. 공장에서는 여사장이 전부였고, 수도자의 길에 들어선 뒤에는 선녀님이 세계의 중심이었다. 그런데 대학에 들어와서 사회와 국가를 바라보는 눈이 서서히 열리기 시작했다. 세상은 거칠게 흔들리고 있었고, 학생들은 민주화를 향한 시위에 거침없이 나섰다. 종교는 정치적 중립을 말했지만 사라의 눈에는 어쩐지 권력에 기대는 모습처럼 보이기도 했다.

사라는 대의원이었고, 다른 과 대의원들과도 자연스럽게 연대하게 되었다. 학교에 시위가 있는 날이면 깊은 갈등에 빠졌다. 시대는 거리로 나가라 했고, 기숙사는 학생들을 엄격히 통제했다. 결국 사라는 시위에 나가기로 했다. 손에 쥔 것이라야 마스크 하나와 세수대야, 수건 몇 장이 전부였다. 최루탄 가스는 너무 독해 숨조차 쉬기 어려웠다. 사회적 양심을 외면할 수 없어 시위에 나간 날이면 사라는 최루탄 냄새를 온몸에 묻힌 채 돌아오곤 했다. 교정은 진압 경찰과 학생들이 뒤엉켜 늘 아수라장이었다.

함석헌 옹의 특강이 열리면 민주화의 열망을 안은 학생들이 강당으로 몰려들었다. 1979년 12월 12일 전두환과 노태우의 군사반란으로 군권이 장악되면서 민주화의 열망은 더욱 거센 충돌을 빚게 되었다. 그런 시기에 대학생활의 첫발을 내디딘 사라는 사회 정의를 택할 것인가, 종교를 통해 일신의 영화를 꿈꿀 것인가 사이에서 깊은 갈등을 겪었다. 넓어지는 세계 속에서 사라의 눈에는 해결해야 할 문제들이 가득했다.

시국은 몹시 어지러웠고, 교정은 연일 최루탄 가스로 뒤덮였다. 대학생활과 수련생활을 함께 이어 가야 했던 사라는 몸은 늘 피곤했지만 미래에 대한 기대와 새로운 지식에 대한 갈증으로 분주한 나날을 보냈다. 도서관에 틀어박혀 『대학』, 『논어』, 『맹자』, 『중용』을 수박 겉핥기식으로라도 읽었고, 손에 잡히는 대로 서양철학 책도 펼쳤다. 사서를 읽을 때면 선비 아버지가 떠올랐다. 사서삼경에 밝은 아버지를 둔 덕에 사라는 그런 책들이 낯설지 않았다.

눈에 보이는 세상은 끊임없이 변하는 그림자에 불과하며, 그 너머에 변하지 않는 본질적 진리인 이데아가 존재한다는 플라톤의 이데아론은 사라가 마음속으로 그려 오던 세계와 어딘가 닮아 있어 더욱 흥미로웠다. 나중에는 칸트의 『순수이성비판』에도 도전했지만 도무지 이해할 수 없어 끝내 책을 덮고 말았다.

종교서적도 부지런히 읽었다. 동서양의 종교를 이해하는 일은 버거웠지만 앞으로 그것을 삶의 길로 삼으려면 피할 수 없는 과정이었다. 대학 2학년 때에는 감리신학대 변선환 목사의 강의를 신청해 들었다. 그는 폴 틸리히의 '궁극적 관심(Ultimate Concern)'을 주제로 한 학기 내내 강의했다. 인간에게 가장 중요하고 근본적인 가치나 목적이 곧 궁극적 관심이라는 설명이었다. 특정 종교를 갖지 않은 사람이라도 누구나 자신을 지탱하는 궁극적 관심 하나쯤은 품고 살아간다고 했다. 그래서 불교의 범신론적 사상과도 소통할 수 있다고 말했다. 그는 이런 사상 때문에 훗날 교단에서 출교를 당했고 목사직도 잃었다. 마지막 수업 시간은 유독 깊은 인상을 남겼다.

"모든 사람은 궁극적 관심을 가지고 있고, 그것은 곧 그의 종교입니다. 그러나 하나님은 분명히 존재하고 있습니다."

그는 독일어로 노래를 불렀다.

"어느 아이가 보았네, 들에 핀 장미화…."

회색 베레모를 즐겨 쓰던 그의 머리 위에 붉은 장미꽃이 피어나는 듯했다.

대학 생활은 사라에게 정말 최고의 시절이었다. 밥을 하지 않아도 밥을 먹을 수 있었고, 기숙사비와 등록금도 교단에서 지원해 주었다. 용돈과 잡비는 선녀님이 한 학기에 5만 원을 주어 겨우 충당했다. 쌀 한 가마니 반을 살 수 있는 돈이었다.

무엇보다도 아무도 사라를 함부로 억압하거나 강제하지 않았다.

다만 엄격한 규율이 있을 뿐이었다. 선녀님이 없는 세상은 사라에게 말로 다할 수 없는 행복감을 안겨 주었다. 새벽 네 시 반이면 돈산 할아버지가 치는 종소리가 댕댕 울려 퍼졌다. 그의 중요한 소임은 새벽 기상을 알리는 종을 치는 일과 큰 강당을 청소하는 일이었다. 얼굴은 새까맣고 어딘가 모자라 보였지만 사라가 대학을 졸업할 때까지 그는 그 자리를 지켰다.

종루 뒤 작은 골방에 그가 가진 것이라곤 갈아입을 옷 한두 벌뿐이었다. 아무도 그에게 특별한 관심을 기울이지 않았지만 그는 하루도 거르지 않고 자기 일을 했다. 누군가를 미워하거나 시기하는 법조차 모르는 사람 같았다. 무소유를 실천하는 수행자, 새벽마다 수도인들의 아침을 깨우는 성스러운 종지기였다.

신입생들을 대상으로 한 합동 서원식은 바로 그 종지기 할아버지가 기거하던 대강당에서 열렸다. 남녀 신입생들은 저마다 왜 수도자의 길에 들어서게 되었는지, 앞으로 어떻게 수행할 것인지를 글로써 맹세해야 했다. 마음을 더욱 단단히 다지게 하는 통과의례 같은 것이었다.

왜 출가를 했을까. 부모 형제의 반대를 무릅쓰고 이 길을 택한 이유는 무엇일까. 사라는 곰곰이 생각했다. 처음부터 거룩하고 성스러운 존재가 되기 위해 들어선 길은 아니었다. 주어진 상황 속에서 보다 나은 인간의 삶을 살 수 있을 것이라는 믿음, 그것이 진실에 가까왔다. 무엇보다 남녀 차별이 없다는 교단의 정책은 사라의 마음을 크게 움직였다. 선비의 훈육 속에서 여자는 늘 온전하지 못한 존재로 취급받았던 기억은 깊은 상처로 남아 있었다.

여자도 교단에 서서 강론할 수 있고, 남자도 교화를 할 수 있다니. '남녀권리동일'이라는 말에 사라의 눈은 번쩍 뜨였다. 서원식에 제출할 글을 몇 번이나 고쳐 쓰고 지우기를 반복한 끝에 사라는 이렇게 적었다.

"큰뜻을 품고 나를 없애고 공적인 삶을 위해 출가하나이다. 한 가정에 얽매이지 않고 우주적 삶을 간구하나이다. 끝내 큰 인격을 갖추어 성자의 반열에 오르고, 고통받는 인류에게 빛이 되겠나이다. 이 길을 가는 내내 모든 마장을 소멸하여 주시옵소서."

장엄한 음악이 강당을 채웠고, 목소리 좋은 남녀 사회자가 의식을 이끌었다.

"여기 모인 서른다섯 명은 깊은 인연으로 오늘 이 자리에 모였나이다. 이들의 앞날에 모든 고난을 극복하고 훌륭한 수도자가 되어 세상의 빛이 되게 하소서."

사회자는 온갖 미사여구를 동원해 입장하는 신입생들에게 축원의 말을 쏟아냈다. 그런데 아이러니하게도 남학생과 여학생을 한 쌍으로 짝지어 입장하게 했다. 남학생 한 명과 여학생 한 명이 짝을 이루어 식장으로 천천히 걸어 들어갔다.

사라의 차례가 되었다. 하얀 양초에 불이 붙었고, 사라는 그것을 두 손에 고이 받쳐 들고 앞으로 나아갔다. 옆에는 부산에서 온 남학생이 같은 자세로 촛불을 들고 보조를 맞추어 걷고 있었다.

마침내 열일곱 쌍의 남녀가 모두 입장을 마쳤고, 맨 마지막에는 남학생 한 명이 홀로 들어왔다. 깜깜한 강당 안에서 두 개의 촛불이 나란히 걸어가는 모습은 어쩐지 결혼식장에서 신랑 신부가 입장하는 듯한 묘한 뉘앙스를 풍기고 있었다.

현수의 웃음

예비수련인의 신분으로 대학에 입학한 지 한 해가 지나고, 사라는 어느덧 2학년이 되었다. 새 신입생들이 다시 기숙사로 들어왔다. 사라는 공장에 다닐 때 익힌 일본어로 교양과목을 선택했고, 2학년이 되자 기숙사에서 일본어 스터디 그룹을 지도하는 선배가 되었다. 드디어 자신도 누군가를 가르칠 수 있다는 사실이 신기하고도 뿌듯했다. 미리 공부해 수업에 들어가니 수업도 한결 수월했고 성적도 좋아 후배들의 신뢰도 자연스레 따랐다.

기숙사는 사람이 120명 안팎 모여 사는 공간이었다. 그러니 애경사가 끊이지 않았다. 그럴 때마다 달력 뒷면이나 이면지를 예쁘게 오려 글을 쓰게 했고, 그렇게 모은 쪽지와 돈은 애경사를 당한 학생에게 전달되었다. 쪽지마다 각양각색의 미사여구가 빼곡히 적혀 있었다.

기숙사비와 식비, 등록금은 교단에서 지원했지만 용돈은 오직 선녀님의 손에 달려 있었다. 그녀는 한 학기에 더도 덜도 아닌 만 원짜리 다섯 장을 주었다. 그 돈으로 최소한의 애경사비를 내고 나면 거의 남는 것이 없었다. 집에서는 모든 것이 지원되는 줄 알았고, 설령 아니더라도 보태 줄 형편은 되지 않았다.

그 용돈을 받으려면 반드시 선녀가 근무하는 곳으로 가야 했다. 일찍 도착해도 곧장 들어가지 못하고 주변을 서성이다가 저녁 무렵이 되어야 들어가 인사를 하고 하룻밤을 자고 다음 날 다시 기숙사로 돌아오곤 했다. 대문 앞에 서면 가슴이 방망이질을 해댔다. 그녀와 함께했던 혹독한 시간은 새 희망으로 부풀어 오른 마음으로도 좀처럼 지워지지 않았다. 대학생의 낭만이나 자유는 사라에게 쉽게 허락되지 않았다. 제복을 입은 예비수련인이라는 족쇄와 빠듯한 생활비는 사라를 청빈하다 못해 남루하게 만들었다. 찢어진 속옷을 꿰매 입어야 했고, 외투는 선배들에게 얻어 입으며 학교를 다녔다. 그래도 희망만은 중천에 뜬 햇님처럼 뜨겁게 타올랐다.

그러던 어느 날, 학교에서 특별한 남학생을 만났다. 커다란 머리에 짧은 사지, 몸집에 비해 유난히 큰 가방을 들고 힘겹게 교정을 걷고 있었다. 선택과목 수업을 들으러 강의실에 들어갔는데 교정에서 마주친 그 남학생이 바로 그 자리에 앉아 있었다. 그는 벙실벙실 마냥 즐거운 얼굴을 하고 있었다.

"난 사라야. 수도인이 되려고 이 학교에 왔어. 넌 이름이 뭐야?"

"나? 현수야. 김현수. 경영학 전공. 우리 한 학기 동안 잘 지내자."

현수와는 일주일에 한 번 수업시간에 만났다. 늘 웃고 있는 그에게 사라는 물었다.

"현수야, 넌 뭐가 그렇게 즐거워서 맨날 웃는 거야?"

"나는 웃으면서 살기로 했어. 내가 운다고 나를 대신해서 살아 줄 사람은 한 명도 없잖아."

태어나 처음 본 현수는 연골무형성증으로 키가 자라지 않았다. 작달막한 몸, 큰 머리, 몸의 절반은 되어 보이는 가방을 메고 계단을 오르내리는 모습은 애처로워 보이기도 했다. 아무도 그에게 먼저 말을 걸거나 특별히 친절을 베풀지 않았지만 사라는 그에게서 깊은 울림을 받았다.

삶이란 과연 무엇일까. 누구는 부잣집에서 태어나고, 누구는 가난한 집안에서 자란다. 누구는 온전한 몸으로 태어나고, 누구는 온전치 못한 몸으로 평생의 불편을 안고 살아간다. 인간의 원초적인 고통 앞에서 사라는 오래도록 생각에 잠기곤 했다. 종교의 본질이란 무엇일까. 자신은 이 길에 들어서서 과연 무엇을 어떻게 해야 사람들을 함께 잘 살아갈 수 있는 길로 이끌 수 있을까.

1일부작 1일불식

계절은 쉼 없이 흘러 어느덧 졸업이 가까워졌다. 사라에게 대학 시절은 주어진 최고의 시간이었고, 수행도 나름대로 진척이 있었다. 학업과 수행이라는 두 마리 토끼를 붙잡으려면 부지런해야 했다. 새벽은 명상과 기도로 시작되었고, 처소에 돌아오기가 무섭게 공동의 노역이 이어졌다.

밭에는 배추와 무, 파와 상추가 심겨 있었고, 기숙사 밥상에 오르는 채소들은 학생들의 손으로 길러졌다. 이를 담당한 부서가 전작부였다. 전작부장 학생을 중심으로 아침이면 밭에 씨를 뿌리고 잡초를 뽑고 채소를 솎았다. 그렇게 길러 낸 채소를 다시 학생들이 손질하고 씻어 식탁에 올렸다.

노동을 할 때면 늘 "1일부작 1일불식"이라는 말이 따라붙었다. 하루 일을 하지 않으면 하루 밥을 굶으라는 뜻이었다. 당나라의 고승 백장선사의 어록으로, 수행이란 단지 앉아 명상하는 데 있지 않고 먹고 일하고 규칙을 지키는 삶 전체에 깃든다는 가르침이었다.

기숙사에서도 노동은 당연한 수행의 한 과정으로 여겨졌다. 때가 되면 푸세식 화장실의 변을 똥통에 담아 밭으로 내기도 했다. 그런 날이면 아침부터 진한 냄새가 진동해 속이 뒤틀리고 밥을 넘기기조차 어려웠다.

4학년이 되자 사라는 전작부 여부장이 되었다. 가장 큰 일은 120여 명의 학생과 지도자들이 먹을 김장김치를 담그는 일이었다. 거의 1년을 먹어야 하는 양이니 엄청난 규모였다. 밭에서 배추를 뽑아 다듬고 자르고 절이고 씻어 김치를 담그는 과정은 며칠씩 걸렸다. 학년별로 역할을 나누어 분담하고 나서야 비로소 김장이 마무리되었다.

여름방학이면 교단에서 운영하는 농장으로 가 농활이라는 이름 아래 며칠씩 모내기에 동원되기도 했다. 모를 찌는 사람, 줄을 잡는 사람, 직접 심는 사람이 각자 역할을 맡았다. 학생들은 먼저 모찌기가 쪄 놓은 모를 볏짚으로 묶어 옮겼고, 줄잡이가 양쪽에서 줄을 대면 여러 명이 줄에 표시된 자리에 맞춰 모를 심었다.

줄잡이가 "오오이, 오이" 하고 소리를 지르면 줄이 넘어갔고, 덜

심은 학생들의 손이 급해졌다. 꾀를 피울 틈도 없는 일이었다. 머리부터 발끝까지 흙탕물이 튀었지만 이상하게도 재미가 있었다..

새참 시간이 되면 잔치국수가 들판으로 배달되었다. 커다랗고 넓적한 소쿠리에 국수를 담아 머리에 이고 오고, 손에는 멸치를 듬뿍 넣은 육수가 담긴 큰 주전자가 들려 있었다. 줄잡이가 그만하라고 소리치면 학생들은 하나둘 논에서 나왔다. 양념간장 한 숟가락을 끼얹어 먹는 그 맛은 무엇과도 비교할 수 없었다. 허리를 펼 수 있다는 것만으로도 큰 위안이 되었다.

논을 다 마치지 못한 곳에서는 잘생긴 암소와 농부의 써레질 소리가 요란했다. 농부와 소가 혼연일체가 되어 논바닥을 다지고 나면, 줄잡이는 다시 학생들을 불러 모내기를 이어 가게 했다.

가난과 남녀 차별 때문에 겨우 중학교를 졸업했던 사라는 집을 나와 수도인의 길에 들어서면서 통신고등학교를 마치고 대학까지 오게 되었다. 수련과 학업을 함께 하며 두 축을 다져 온 시간이었다. 학교생활은 행복했고 의미도 있었다. 성적도 우수했고, 과를 대표하는 대의원도 여러 번 맡았다. 교수들의 사랑도 많이 받았다.

아직 겨울의 찬 기운이 남아 있던 2월 25일, 드디어 사라의 학위 수여식이 열렸다. 군위댁과 큰딸이 참석했고, 산골 친구들도 함께했다. 예비수련 4년, 대학생 신분으로 보낸 수련 4년을 지나 맞는 졸업식이었으니 감회가 남달랐다.

차멀미가 심한 군위댁은 도착하자마자 방에 드러누웠다. 군위댁의 눈에는 셋째딸이 안쓰러웠다. 졸업식 전날 사감 선생들과 선배들은 사라에게 교역자의 제복을 입혀 주었다. 그토록 바라던 일이었지만 알 수 없는 슬픔이 마음 깊은 곳에서 일렁였다. 사라는 어머니가 흘리는 눈물에 가슴이 저려 왔다. 군위댁은 사래긴 밭둑에 해마다 목화를 심어 혹시라도 딸이 시집가게 되면 손수 이불 한 채는 해 주겠다고 몇 해 동안 독에 모아 두었다.

졸업식은 성대하게 치러졌다. 사라가 자란 산골마을에서는 처음으로 여대생이 탄생한 날이지만 축하와 함께 비아냥도 따라붙었다.

"선비네 셋째딸이 시집도 못 가는 종교인이 되었다네. 사람이 태어났으면 결혼해서 아들딸 낳고 살아야지."

삼강오륜을 말하던 선비의 체면은 말이 아니었고, 군위댁은 그런 수군거림에 가슴이 쓰리고 아팠다.

산골소녀 사라가 처음 입어 보는 학사복과 학사모는 눈물나게 고마운 선물이었다. 학사가 된 사라는 스스로 자랑스러웠다. 다가올 미래가 어렴풋이 펼쳐졌고, 자애로운 성직자가 되겠다고 다시 한 번 마음속으로 다짐하는 날이기도 했다.

꽃다발 장수들이 붐볐고, 사진사들은 '사진 찍어드립니다'라는 팻말을 목에 걸고 다녔다. 아무리 돈이 없어도 기념사진 한 장쯤은 찍고 꽃다발 하나쯤은 안기는 것이 당시의 풍속이었다. 사각모를 휙

날리며 찍는 사진도 유행이었다. 촬영이 끝나면 사람들은 학교 앞 식당으로 몰려갔고, 특히 중국집이 가장 인기가 많았다. 짜장면과 짬뽕이 기본이고, 탕수육이 올라가면 제법 큰 축하가 되었다. 사라도 군위댁과 함께 가까스로 중국집에 들러 짜장면과 탕수육을 먹으며 졸업을 축하했다.

졸업과 동시에 사라는 기숙사를 떠나 같은 구내의 훈련원으로 옮겼다. 다시 1년의 과정을 거쳐야 실제 현장으로 나갈 수 있었다. 새벽 명상과 기도가 끝나면 구역 청소를 하고, 학생 때와는 또 다른 훈련을 하루 종일 이어 갔다. 강연 연습, 경전 독해, 독서, 한문, 역사와 철학을 두루 익혀야 했다. 겉모습은 완전한 교역자였지만 마지막 관문이 남아 있었다. 사라는 다시 한 번 모든 힘을 쏟아야 했다. 그리고 마침내 교역자 고시에 당당히 합격했다. 이제 실제 현장으로 나갈 준비는 끝났고, 남은 것은 발령지를 기다리는 일뿐이었다.

5장

은생어해(恩生於害)

마지막 상여소리

선비는 하루에 담배를 두세 갑씩 태우는 사람이었다. 오른손 검지와 장지는 니코틴에 누렇게 물들어 있었고, 치아마저 늘 누렇게 변색되어 있었다. 방 안에는 언제나 담배 연기가 자욱했고, 사라를 비롯한 형제자매들은 그 연기 속에서 자랐다. 연기가 아이들에게 해롭다는 생각 따위는 그의 관심 밖이었다. 삼강오륜을 설파하고 집안의 법도가 무엇인지 가르치는 것이 그의 중요한 일이었다.

사라가 대학을 졸업하고 마지막 관문을 통과해 가고 있을 즈음, 선비는 폐암에 걸렸다. 몸이 좋지 않아 큰 병원에서 수술을 받으려 했으나 이미 손을 쓸 수 없는 상태였다. 다시 가슴을 꿰매고 퇴원한 그는 집에 누워 지내게 되었다. 외동아들로 오냐오냐 자라 엄살도 유난했던 선비는 잠시도 본처인 군위댁을 가만두지 않았다. 곁에서 주물러 달라 하고, 먹을 것을 대령하라 하고, 밤낮으로 자기 몸만 살폈다.

죽을병이 들자 그는 더 이상 작은댁으로 가지 않았다. 밤새 "아야, 아야, 내 죽는다" 하고 울부짖는 남편 곁을 군위댁은 뜬눈으로 지켰다. 긴 세월의 설움 끝에 어쩌면 그때가 군위댁이 남편을 오롯이 혼자 차지한 처음이자 마지막 시간이었는지도 몰랐다. 군위댁은 남편을 살려 보겠다고 별의별 약을 다 구해다 먹였다.

선비가 위독하다는 소문은 마을 안에 널리 퍼졌다. 어느 날, 민간요법을 한다는 한 노인이 집을 찾아와 군위댁에게 말했다.

"무덤 속 시신의 해골에 고인 물을 먹으면 살 수도 있소이다."

너무도 터무니없는 말이었지만 다급한 사람에게는 황당한 말도 혹시나 싶은 희망이 되곤 한다. 군위댁은 차마 어찌할 바를 몰라 이웃에 사는 선비의 제자에게 그 말을 꺼냈다.

"의원이 시신 해골에 고인 물을 먹이면 살릴 수 있다 하는데 누가 그 일을 한단 말이오."

그러자 준길이 나섰다.

"제가 해오겠습니다. 선생님을 살릴 수만 있다면요."

준길은 다른 제자 몇 사람과 함께 얼마전 묻힌 무연고자의 무덤을 찾아갔다. 낮에 미리 봐 두었던 자리를 밤에 다시 찾아 손전등을 켜고 머리 쪽을 파헤쳐 해골물을 떠 왔다. 두렵고 무서운 일이었으나 스승을 살리고자 하는 마음 하나로 그 모험을 감행한 것이다. 그러나 그 해골물도 선비를 살리지는 못했다.

인명은 재천이라 했던가. 선비는 쉰여덟을 일기로 세상을 떠났다. 맏사위는 양지바른 산기슭에 선비의 유택을 마련해 주었다. 선비가 세상을 떠나던 날, 잘가라는 인사를 건네는 듯 집 안에 심어 두었던 작약꽃이 흐드러지게 피었다.

선비는 꽃상여에 올랐다. 제자들이 상두꾼이 되어 상여를 메고 집을 나와 서당을 지나 동네 어귀로 향했다. 선소리꾼이 방울을 흔들며 구성지게 소리를 뽑았다.

"이제 가면 언제 오나, 북망산천 멀다더니 대문 밖이 북망일세."

그러면 상두꾼들이 받았다.

"어허 어허야, 어허넘차 어허야."

그 소리를 들으며 선비의 유해는 산길을 올라갔다. 유교의 예법에 따라 본처인 군위댁과 첩실인 의성댁, 그리고 딸 셋은 대문 앞에서 마지막 작별을 해야 했다. 군위댁은 땅이 꺼져라 울부짖었다. 그 울음소리를 들으며 사라는 가슴이 미어졌다. 사라는 선비의 여섯 아들과 함께 상여 뒤를 따라 장지로 걸어갔다.

묘를 쓰는 동안 하늘은 잔뜩 흐렸고, 까마귀 떼가 끝도 없이 하늘을 맴돌고 있었다.

모란꽃 지는 날

선비를 밤낮으로 간병하던 군위댁은 남편을 폐암으로 저세상에 보낸 뒤 더욱 쓸쓸한 나날을 보냈다. 낮에는 농사일을 하고 암소를 먹였으며, 어린 손주를 업은 채 불을 때고 밥을 짓고 집안일을 해냈다. 몸무게는 40kg 남짓이었지만 손과 발만은 유난히 컸다. 손가락은 벌어져 있었고 발도 몸집에 비해 컸는데 오랜 세월 노동을 견뎌온 몸의 흔적이었다.

선비가 살아 있을 때 딸을 도시로 시집보낸 뒤 큰아들도 장가를 보냈다. 며느리는 보기 드문 키다리였고 욕심이 많은 여자였다. 군위댁은 하루 종일 일에 묻혀 지내다가도 해가 뉘엿뉘엿 기울면 자신도 모르게 뜨거운 눈물을 흘리곤 했다. 열아홉에 선비와 혼인해 살다가 스물일곱에 남편이 첩을 들였는데 무엇이 그리 좋다고 평생을 사무치게 그리워했는지 알 수 없는 일이었다.

큰딸이 보다 못해 핀잔을 주면 군위댁은 오히려 화를 냈다.

"엄마는 아부지가 뭐가 그리 좋다고 울고 있어? 첩실까지 둔 아부지 아이가."

그러면 군위댁은 끝내 남편을 감쌌다.

"아부지를 그렇게 말하는 게 아이라카이. 느그 아부지가 첩실을 들인 게 아니다. 느그 할매가 아부지 명 잇는다고 첩을 들인 기다."

막내딸 순이는 울고 있는 엄마를 보고 어린애다운 소리를 하기도 했다.

"엄마 울지 마. 내가 울 아부지 꼭 닮은 사람을 달성공원에 가서 모셔 올게. 알았제?"

그 말에 군위댁도 잠시나마 웃지 않을 수 없었다.

군위댁은 원래 입이 짧아 식사를 많이 하지 못했는데, 남편을 여섯 달 가까이 밤낮없이 간병하고 나니 몸은 더 빠지고 기운은 바닥이 났다. 더구나 선비는 생전에 작은댁 아들 셋에게는 논 서너 마지기씩을 나누어 주어, 농사 지은 것을 그 집으로 가져가게 해 놓았다.

군위댁은 병든 남편에게 어렵게 말을 꺼낸 적이 있었다.

"여보, 우리 아들들도 재산을 좀 나누어 주면 좋겠니더."

그러나 선비는 끝내 대답을 돌렸다.

"우리 큰아들 환이는 틀림없이 동생들한테 잘해 줄 끼다. 아무 걱정하지 마라."

그리고는 그대로 세상을 떠났다.

군위댁의 둘째아들 용이는 스무 살 무렵 한 여인과 사랑에 빠져 혼전임신을 시켜 놓고 군대에 갔다. 도시에 단칸방을 얻어 살던 그 며느리가 곧 출산을 앞두고 있었다. 군위댁은 조금이라도 더 넓은 방으로 옮겨 주고 싶어 큰아들에게 조심스레 말을 꺼냈다.

"환아, 둘째가 애기를 낳아 키우려면 단칸방은 안 된다 아이가. 그러니까 돈을 좀 내어 놓으면 좋겠어."

그날 큰아들 부부는 크게 다투었다. 키다리 며느리는 아이 넷을 두고 안 산다며 집을 나가 버렸다. 돈을 내놓기 싫다며 악을 쓴 끝에 문을 박차고 나간 뒤 군위댁은 밥도 제대로 먹지 못했다.

일주일쯤 지난 뒤였다. 키다리 며느리가 껄렁한 남자 서너 명을 앞세우고 집으로 들어오는 모습을 본 군위댁은 그 자리에서 기절했다. 평소에도 겁이 많던 군위댁은 깡패를 데리고 와 집안을 뒤집어 놓으려는 줄로만 알았던 것이다. 산골에서 도시 병원으로 옮겨 가는 사이 결국 숨이 끊어지고 말았다.

군위댁의 부음을 듣고 사라는 황급히 산골 고향으로 내려갔다. 눈물조차 메말라 있었다. 발은 땅을 딛고 있었지만 마음은 허공을 헤매고 있었다. 안방에 누워 있는 어머니의 몸을 사라는 조심조심 닦아 드렸다.

"엄니, 그동안 고생 많았어요. 미안해요. 사랑했어요."

그리고 평소 하지 않던 화장까지 곱게 해드리며, 고달프고 애달팠던 어머니의 일생 앞에서 끝내 뜨거운 눈물을 흘렸다. 선비가 세상을 떠난 지 1주기 열사흘을 앞둔 날이었다. 그렇게 군위댁은 그토록 그리워하던 선비 곁으로 가 버리고 말았다. 그녀가 떠나던 날 검붉은 모란꽃이 흐드러지게 피어 있었다. 마치 그녀가 평생 흘린 피눈물 같았다.

열일곱 무렵 집을 떠나 오래 부모와 떨어져 지내 온 사라는 양친을 모두 잃고 나서야 부모의 그늘이 얼마나 깊고 넓었는지 깨달았다. 같은 하늘 아래 살아 있다는 사실만으로도 그것이 얼마나 큰 배경이자 위안이었는지를 뒤늦게 알게 된 것이다.

사라는 아버지가 떠날 때에는 천륜으로 슬퍼 눈물이 난다고 여겼다. 그러나 어머니가 세상을 떠나자 모든 것이 한꺼번에 소멸해 버린 듯했다. 밥 먹는 것도 숨 쉬는 것도 버거웠다. 마치 나무뿌리가 잘린 채 허공을 떠도는 기분이었다.

군위댁은 선비가 묻힌 곳 바로 옆에 묻혔다. 꽃상여에 누워 나비처럼 이 세상과 작별하던 날, 사라는 눈물 한 방울 흘리지 않고 어머니를 잘 보내 드리려 수도 없이 기도했다. 날씨는 화창했고 바람도 잠잠했다. 만장과 꽃상여, 상두꾼들의 모습은 한 폭의 그림 같았다. 군위댁은 그날만큼은 평생 처음으로 자기 삶의 주인공이 되어 길을 떠나는 듯했다.

선소리꾼이 요령을 흔들며 앞소리를 메겼다.

"이제 가면 언제 오나."

그러면 상두꾼들이 받았다.

"에헤 늠차 에헤요."

꽃상여는 아랫동네를 지나 큰 개울을 건너 동네 옆산으로 올라갔다. 상여가 마을 어귀에 이르자 주민들이 손을 흔들며 군위댁을 배웅했다.

미리 파 놓은 묘혈에 관이 들어가자 사라는 그동안 참았던 눈물이 쏟아졌다. 함께 죽지 못하는 것이 한이 된 사람처럼 울었다. 그때 배다른 남동생 용재가 불쑥 말했다.

"누나, 와 이카능교? 시집 못 가서 그러능교?"

일곱 살 어린 나이에 선비의 손을 잡고 "아부지요, 아부지요" 하던 그 아이였다. 사라를 보리밭으로 패대기치던 그 아이가 어느새 뼈 있는 말을 던지고 있었다.

돌아보니 죽기 살기로 우는 사람은 사라뿐인 듯했다. 가끔 의성댁 둘째아들이 "아이고 어매요, 우린 누구 믿고 사능기요" 하고 울어 주었지만, 의성댁이 살아 있는 마당에 그 울음은 어딘가 어색했다. 다만 군위댁이 작은집 아들들까지 끔찍이 챙기며 살았다는 사실만 더욱 또렷해질 뿐이었다.

군위댁은 예전에 선비의 상여 뒤를 따르던 작은댁 아들 셋을 보며 이렇게 말했었다.

"봐라, 딸보다 나은기라. 자들은 즈그 아부지 뒤를 따른다 아이가."

군위댁을 보내고 사라는 일상으로 돌아왔지만 목구멍은 먹을 것을 거부했고, 다리는 땅을 디디며 걸었으나 영혼은 구천을 떠도는 듯했다. 반년 넘게 제대로 먹지 못하자 곱던 얼굴은 기미로 뒤덮였다. 같이 살던 여자 동료 선후배 네 명과 남자 선배 한 명이 곁에 있었지만 그 깊은 상실감을 진심으로 안아 줄 사람은 없었다. 어느 날 식사 시간에 남자 선배가 무심히 말했다.

"사라는 얼굴이 왜 그렇게 못 쓰게 생겼냐?"

그 말이 더 야속했다.

"어머니 보내고 상실감이 얼마나 크냐."

그렇게 한마디만 물어 주었더라면 얼마나 좋았을까.

소년원 아이들

　정식 제복을 입고 마지막 수련을 시작한 지도 어느덧 1년이 지나가고 있었다. 50여 명의 동기생들은 저마다 학교로, 기관으로, 교화 현장으로 흩어질 날을 앞두고 있었다.

　사라는 서울로 발령을 받았다. 첩첩산중 산골소녀가 마침내 수도권으로 들어오게 된 것이다. 으리으리한 서울의 풍경은 눈을 어지럽게 했고, 세련된 서울 사람들의 모습은 낯설 만큼 매력적으로 다가왔다.

　사라가 맡은 일은 행정 보조였다. 20개 가까운 조직을 관리하며 교화 기관 전체를 총괄하는 실무를 맡게 되자 밤늦게까지 일하는 날이 많아졌다. 공문서를 타자기로 치고, 전화를 걸어 행사를 알리고, 사람과 기관을 연결하는 일은 결코 만만하지 않았다. 그러나 날이 갈수록 손은 빨라졌고, 가나다순으로 정리된 명부는 어느새 사라의 머릿속에 그대로 자리잡았다. 이름과 전화번호가 저절로 외워질 만큼 일은 몸에 익어 갔다.

조금 익숙해지자 다시 학업에 대한 열망이 고개를 들었다. 사라는 다시 대학원에 진학했고, 주경야독의 생활이 또 한 번 시작되었다. 낮에는 주어진 일에 온힘을 쏟고, 밤이면 대학원 공부를 했다. 교정에는 연일 시국 시위가 이어져 최루탄 냄새가 매캐하게 떠돌았고, 휴강도 잦았다.

그 바쁜 일상만으로도 버거웠지만, 독신으로 사는 사람들 사이의 냉랭한 기운은 더욱 견디기 어려웠다. 한 건물 안에서 여자 교역자 다섯이 함께 근무했는데, 그중 실세로 통하는 한 사람은 옆을 스쳐 지나가기만 해도 찬바람이 쌩쌩 부는 것 같았다. 신자들 앞에서는 천사 같은 얼굴을 하다가도 동료들 앞에서는 칼날처럼 차가웠다. 처음 길을 나설 때 만났던 선녀님과 꼭 닮은 또 다른 선녀님이 그곳에도 있었고, 사라는 그 앞에서 늘 도망다니듯 지냈다.

식사 시간에 같은 주방에서 밥을 먹어도 대화는커녕 눈인사 하나 오가지 않았다. 나이는 가장 어렸지만 책임자와 가깝다는 이유로 그 여인은 자기보다 훨씬 나이 많은 선배 교역자 셋을 깔아뭉개듯 대했다. 마치 그들이 자기 집에 얹혀사는 사람들처럼 보일 정도였다. 후배였던 사라야 오죽했겠는가.

세속이나 종교나 권력의 얼굴은 그다지 다르지 않았다. 갑질은 어디에나 있었다. 그런 냉혈한 사람이 어느 날 유난히 발걸음이 분주하고 얼굴 가득 웃음을 띠고 다니면 다른 여자 교역자들은 금세 눈치를 챘다.

"아하, 오늘 그분이 오시는구나."

무엇이 그녀를 그렇게 웃게 만들었을까. 그 선녀님은 기쁨을 감추지 못할 만큼 들떠 있었다. 시장에 가서 맛난 먹거리를 잔뜩 사 와 따로 대접하고, 그 사람 앞에서는 코맹맹이 소리로 말하며 애교까지 부렸다. 방그레 웃는 그 얼굴은 평소의 냉랭한 얼굴과 너무 달라서 보고 있으면 우습기까지 했다.

그가 떠나고 나면 그녀는 다시 냉랭한 얼굴로 돌아왔다. 같은 교역자의 길을 걷기 시작했건만 지연과 학연, 무엇보다 부모의 신앙 경력에 따라 교단 안에서의 삶은 너무도 달랐다. 사라는 혈혈단신 혼자 걸어가야 하는 종교인이었다. 처음 사라를 받아 주었던 선녀님 역시 기댈 언덕이 되어 주기는커녕 사라를 노복처럼 부려 쓰고 대학 4년 동안 용돈 몇 푼 주는 것으로 할 일을 다했다고 여겼다.

그러던 어느 날, 사라는 소년원에 가서 아이들을 교화하라는 명을 받았다. 전두환 군사정권이 들어선 뒤, '사회악 일소'와 '사회정화'라는 이름 아래 껌팔이, 부랑인, 신문배달 소년 같은 소외계층 청소년들이 대거 불량청소년으로 분류되었다. 일정한 주거가 없거나 행색이 남루하다는 이유만으로도 강제 수용되던 시절이었다. 그때의 소년원은 단순한 선도 시설이 아니었다. 군대식 통제와 체벌, 서열과 폭력이 일상화된 공간이었다. 기술교육이라는 이름 아래 강제노역이 이루어졌지만 정당한 대가는 주어지지 않았다. 약자에게 가해진 국가 폭력이 '교화'라는 말로 포장되던 어두운 시절이었다.

그런 엄혹한 시대에 종교는 정권의 꼭두각시에 가까웠다. 정신교육이라는 이름으로 종교 교육이 동원되었기 때문이다. 사라는 교단 역사상 처음으로 소년원에 파견된 교역자였다. 네 개의 서로 다른 종교가 함께 참여했고, 여성 교역자 두 명과 남성 교역자 두 명이 배치되었다.

사라가 소년원으로 가는 날이면 늘 함께하는 두 여성이 있었다. 한 사람은 전직 교사였고, 또 한 사람은 교단의 핵심 멤버였다. 옥영 씨와 도정 씨는 매주 아이들이 먹을 것과 선물을 자동차에 싣고 가 나누어 주었다. 그 비용은 여성봉사회에서 후원했다. 다른 종교에 비해 먹을 것도 많고 사랑도 많은 봉사자들이 온다는 소문이 나자 참석하는 아이들은 점점 늘어났다. 어느 날은 한 아이의 옷이 뜯어져 너덜너덜한 것을 보고 두 사람이 바늘과 실을 꺼내 직접 꿰매 주기도 했다. 그러자 다른 아이들도 저마다 옷을 들고 몰려와 소년원 한쪽이 금세 수선집을 방불케 했다.

사라는 그 아이들의 교정교화에 열정을 쏟았다. 큰 죄를 지은 아이들보다 가난과 불운에 떠밀려 그곳까지 오게 된 아이들이 더 많았다. 출소하는 아이들에게는 취업 자리를 연결해 주며 사회에 다시 정착할 수 있도록 돕기도 했다.

군위댁을 하늘로 보내고 마음 둘 곳 없던 사라에게 소년원은 또 다른 출구가 되어 주었다. 매주 한 번 그곳을 찾아가 아이들과 함께 보내는 시간은 사회의 어두운 밑바닥을 정면으로 마주하는 시간이기도 했다.

어느 날, 네 종교기관의 교역자들이 소년원 대기실에서 함께 기다리고 있었다. 직원이 내어 준 차 한 잔을 나누고 있는데, 한 목사가 불쑥 말했다.

"스님, 절에서는 스님들이 도끼를 들고 스님을 죽이더군요."

그러자 스님은 눈을 지그시 감고 있다가 천천히 답했다.

"목사님, 우리 반 아이들 가운데 범죄자가 아주 많더군요. 그중에는 목사님 아들도 와 있습니다."

은근히 서로의 종교를 물고 늘어지는 말들이 오갔다. 세상은 어디 하나 온전한 데가 없었다. 종교는 종교대로, 정치는 정치대로 썩어 가고 있었다. 사라는 그 차 한 잔의 침묵 속에서 사람을 살린다고 말하는 그들이 어쩌면 가장 먼저 자기 자신부터 돌아보아야 하는 것인지도 모른다고 생각했다.

구두 한 짝

그 흔한 사춘기 반항이 무엇인지도 모른 채 살아남기 위해 몸부림치다 보니 사라는 어느덧 서른을 넘기고 있었다. 얼떨결에 종교의 교역자가 되어 남 보기에 멀쩡한 한 사람이 되어 있었지만 삶은 여전히 사라를 가만두지 않았다.

어느 날 다급한 전화 한 통이 걸려왔다.

"여보세요, 여보세요. 여그 사람이 죽었어요. 사고로 그 자리에서 바로 죽었대요."

전화를 끊자마자 사라는 일러 준 주소로 달려갔다. 도착해 보니 그야말로 아수라장이었다. 반지하 셋방 안은 온갖 살림살이로 어지럽게 널려 있었고, 젊은 여자는 충격을 받아 정신이 온전치 않아 보였다. 방 한쪽에서는 아이 엄마가 울고 있었고, 다른 쪽에서는 갓난 아이가 자지러지게 울어댔다.

"아이고, 저는 이제 어떻게 살아야 하나요? 저 아기는요."

사라도 하마터면 정신을 잃을 것 같았다. 그러나 누군가는 정신을 붙들어야 했다.

"일단 아기부터 먹여야 하지 않겠어요."

사라는 젖병을 찾고 분유통을 뒤져 아기에게 분유를 타 먹였다. 그리고 조금씩 사정을 들었다. 죽은 사람은 아이의 아버지였다. 부모와 절연한 채 집을 나와 이 여자와 함께 살다가 고속도로에서 사고를 당해 목숨을 잃었다고 했다. 시신은 이미 병원에 안치되어 있었다. 아이 엄마는 부모를 모두 여읜 상태였고, 기댈 곳도 마땅치 않았다.

사라는 우선 아이 엄마의 오라비를 불러 장례 절차를 맡기게 했다. 자신은 아기와 그 곁을 지키며 죽은 이를 위해 기도를 올렸다. 그러나 시간이 갈수록 아이 엄마의 상태로는 도저히 아이를 돌볼 수 없어 보였다. 하는 수 없이 사라는 죽은 남자의 어머니, 그러니까 아이의 친할머니를 찾아가 도움을 청했다.

그 어머니는 집을 나간 아들의 소식도 모른 채 지내다가 날벼락 같은 비보를 듣고 통곡했다. 아들은 세상을 떠났고, 그가 남긴 핏덩이 손녀가 품에 안겼다. 할머니는 아이를 끌어안고 목이 터져라 울었다.

사라는 그 광경을 지켜보며 생각했다. 사람이 한순간에 무너져 내리는 바로 이 자리가 지옥이구나.

장례는 꿈결처럼 지나갔다. 아이 엄마는 커다란 구두 한 짝을 품에 안고 꺼이꺼이 울었다. 얼마 전 큰마음 먹고 사 준 새 구두였다. 상표도 떼지 못한 채 한 짝만 그녀의 손에 남았다. 다른 한 짝은 사고 현장에서 어디론가 튕겨 나가 버렸다고 했다. 사라는 그 한 짝의 구두를 한참 바라보았다. 이 무슨 기구한 인연인가. 저 핏덩이 아기는 또 어떤 삶을 살아가게 될 것인가.

장례를 마친 뒤, 사라는 아이 엄마와 함께 아기를 안고 짐을 챙겨 친할머니 댁으로 향했다. 여자는 누가 보든 말든 시도 때도 없이 눈물을 흘렸다. 버스는 목적지를 향해 달리다가 금강휴게소에 멈췄고, 승객들은 저마다 흩어졌다. 사라는 아이 엄마에게 먹일 것을 사러 매점으로 갔다.

그런데 계산을 하려는 순간, 지갑이 통째로 사라진 것을 알았다. 소매치기를 당한 것이었다. 그동안 받은 용금을 몽땅 들고 나온 날이었다. 아이의 친할머니에게 분유값에라도 보태려던 돈이었다. 핏덩이 아기를 맡기러 가는 길도 무거웠는데 소매치기까지 당하고 보니 그야말로 엎친 데 덮친 격이었다.

사라는 한동안 그 자리에 서서 아무것도 할 수 없었다.

교만을 깨우다

학업과 교화는 사라에게 동시에 주어진 과제였다. 낮에는 수도인의 삶을 살고, 밤에는 학생의 길을 걸었다. 어머니마저 세상을 떠난 뒤로 마음 깊은 곳에서부터 올라오는 공허감은 말로 다 할 수 없었다. 남모르는 설움을 꾹꾹 삼키며 사라는 본래의 꿈을 향해 걸어갔다.

대학원 과정도 끝이 보였고, 마침내 논문을 써야 할 때가 왔다. 지도교수는 교무처장을 겸하고 있어 학생 시위와 과중한 행정업무에 쫓겼다. 지도를 받는다는 것도 몇 차례 형식적으로 얼굴을 보는 것이 전부였다. 사라는 밤잠을 줄여 가며 논문을 다듬었다.

드디어 논문 심사일이 다가왔다. 세 명의 교수가 심사를 맡았는데, 그중 가장 젊은 표 교수가 언성을 높였다.

"이것도 논문이라고 쓴 거요? 내가 살다 이런 논문은 처음 봅니다.”

같은 과 학생들이 지켜보는 자리에서 튀어나온 그 말은 사라의 가슴을 깊이 후벼 팠다. 모멸감에 차라리 쥐구멍이라도 있으면 숨고 싶었다. 그때 곁에 있던 한 노교수가 중재했다.

“표 교수님, 바빠서 그런 것이니 넘어갑시다.”

지도교수는 끝내 아무 말도 하지 않았다. 그렇게 사라는 간신히 턱걸이하듯 심사를 통과했다. 논문은 학교 도서관 기증본 외에는 어디에도 내놓지 않았다. 그래도 산골 출신의 사라는 마침내 대학원을 졸업하고 석사모를 쓰게 되었다. 어머니와 아버지가 살아 있었다면 얼마나 기뻐했을까. 그러나 피붙이들과는 서로 소식도 뜸해 그 기쁨을 온전히 나눌 사람도 많지 않았다.

졸업과 동시에 또 다른 책무가 주어졌다. 전국의 수재들이 모인다는 서울대학교에 종교 지도 교역자로 파견된 것이다. 겸직이었다. 일주일에 한 번씩 서울대로 가서 학생들을 만나 자신이 속한 종교의 교리를 전하고 수련을 지도하는 역할이었다. 성적순으로 들어온 학생들이었고 대체로 부모들은 열성 신자들이었다. 교단에서는 그 자리 대부분을 남자 교역자들이 맡아 왔는데 사라는 처음으로 파견된 여성 교역자였다. 영광이라면 영광이었다. 선비의 가풍 아래서 여자는 이름조차 드러내지 말아야 했는데 이제 사라는 여자도 남자처럼 활동할 수 있다는 사실을 몸으로 증명하고 있었다. 수도 서울로 들어왔고, 서울대로 매주 간다는 것만으로도 사라에게는 전성기와 같은 시간이 펼쳐지고 있었다.

처음 학생들을 만나러 간 날이었다. 여러 학생 가운데 한 명이 유난히 눈에 들어왔다. 사라보다 키가 훨씬 컸고, 막 서울대에 합격한 기세가 그대로 몸에 밴 듯했다. 그는 노골적으로 거드름을 피웠다. 다른 학생들이 말을 하면 피식 웃었고, 질문을 받아도 대답을 피해 흘려보냈다. 이 자리에 왜 왔는지조차 진지하게 생각하지 않는 눈치였다.

사라는 한동안 그 학생을 지켜보았다. 그 눈빛과 태도 속에는 배움보다 앞서 있는 어떤 것이 있었다. 사람을 향하지 않고, 위에서 내려다보려는 마음이었다.

"얘, 너 이름이 뭐야?"

"네, 저는 최창희라 합니다."

"왜 내가 너를 불렀는지 아느냐?"

그는 잠시 머뭇거리다가 고개를 저었다. 여전히 가벼운 표정이었다.

그 순간이었다. 사라는 그 학생의 귀를 잡고 따귀를 세게 내리쳤다. 강의실 안 공기가 순식간에 얼어붙었다.

"너 지금 이 방에서 나가거라. 그리고 다음 주에 이곳에 올 때, 내가 왜 너를 불렀고 왜 때렸는지 알거든 들어오너라."

사라는 더 말하지 않았다. 그는 아무 말도 하지 못한 채 강의실을 나갔다. 남은 학생들은 숨소리조차 죽인 채 자리에 앉아 있었다. 그러나 사라는 아무 일도 없었다는 듯 수업을 이어 갔다.

일주일 뒤 다시 그 자리에 섰을 때, 그 학생은 고개를 깊이 숙인 채 말했다.

"지금까지 저를 때리거나 혼낸 사람이 없었습니다. 제가 얼마나 교만했는지 이제야 알았습니다. 그날의 일을 잊지 않겠습니다."

그리고 조용히 큰절을 올렸다. 그날 이후 그는 누구보다 성실하게 수업에 임했고, 사라의 일을 앞장서 도왔다.

학교 축제 때는 종교동아리 연합 세미나가 열렸다. 각 종교 지도자들이 학생들 앞에서 강연을 했고, 사라도 당당히 연단에 섰다. 다른 종교 동아리의 지도자들은 대부분 교수들이었다. 머리로는 그 학생들보다 부족할지 몰라도 종교에 대한 신념만큼은 뒤지지 않는다고 사라는 믿었다. 수재일수록 정신적으로 성숙해야 하고, 지식보다 지혜를, 성적보다 공감 능력을 길러야 한다고 생각했다. 그리고 그들의 마음속에 공익적 가치가 심어지기를 바랐다.

금기된 사랑

사라는 대학원도 졸업했고 교역자로서의 삶도 제법 익숙해져 갔다. 애송이 교역자 티는 벗은 듯했지만 안정된 만큼 앞으로 나아가야 할 마음은 오히려 자꾸만 뒤로 물러섰다. 이렇게 사는 것이 맞는가 하는 의구심이 조금씩, 아주 조금씩 고개를 들고 있었다. 어머니를 하늘로 보낸 뒤 사라의 삶은 허허롭기 짝이 없었다. 바쁜 업무가 끝나고 저녁이 되면 도대체 어떻게 살아야 하는가를 스스로에게 묻곤 했다. 그렇게 당당하게 집을 나와 우여곡절 끝에 모든 과정을 마치고 뜻을 이루었는데 막상 이루고 나니 허무가 밀려왔다. 어머니가 세상을 떠난 뒤 8년의 세월은 바람 앞의 등잔불 같았다. 바람이 불면 마음도 거세게 흔들렸고, 비가 내리면 눈물이 빗물보다 더 많이 흘러내렸다. 빗물은 차가운데 눈물은 뜨거운 피눈물 같았다.

종교가 엄청난 힘을 지닌 줄 알았는데 어머니 한 사람만 못했다.

사라에게 어머니는 하늘이었고 땅이었다. 가장 큰 종교는 어머니였다. 어디로든 떠나고 싶었다. 종교의 불합리한 관행도 싫었다. 이곳 역시 사람이 사는 곳이라 권력을 쥔 이들과 그 주변 인물들이 목에 힘을 주고 사는 모습이 눈에 거슬렸다. 다른 형제자매들은 잘 극복하는 듯 보였지만 사라만 홀로 방랑하고 있는 기분이었다.

흔들리고 있으니 바깥의 유혹이 다가왔다. 엘리트 출신으로 프로덕션을 운영하던 한 사람이 혼자 사는 것은 옳지 않다며 사라에게 강변했다. 왜 종교가 개인의 성적 자기결정권을 제한하느냐는 것이었다. 교주의 본래 취지는 여성 교역자에게 결혼을 금지하는 것이 아니었지만 오랜 관습 속에서 사실상 결혼이 막혀 있었다. 여자 교역자는 모두 평생 독신을 서약해야 했고, 남자 교역자는 대부분 결혼을 했다. 간혹 한 학년에 한두 명만 독신으로 남았다. 세월이 흐르면서 결혼을 하면 교단에서 쫓겨나는 분위기가 굳어졌다. 이는 남녀 권리 동일이라는 교리에 어긋나는 일이었지만 거대한 종교 관습에 감히 도전할 수 없었다. 도전하면 이상한 사람이 되어 버렸다.

어느 날, 사라는 K대 교수를 알게 되어 차를 마시던 자리에서 뜻밖의 제안을 들었다.

"선녀님, 제가 이번에 책을 출간합니다. 출판기념회에 초대하고 싶습니다."

"축하드립니다. 당연히 가겠습니다."

교화자로서 애경사에 참여하는 일은 늘 해오던 일이었기에 흔쾌히 답했다. 이후 그는 자주 전화를 했고 식사 자리에 초대했다. 식사가 끝나갈 무렵, 그는 머뭇거리다 어렵게 말을 꺼냈다.

"선녀님, 제 출판기념회에서 안사람 역할을 해 주실 수 있겠습니까?"

사라는 머리를 망치로 얻어맞은 듯했다. 말도 안 되는 제안에 한동안 얼얼했다. 그는 머리 손질과 한복까지 준비해 주겠다고 했다. 사라는 단호히 거절했다. 그는 부인을 먼저 보내고 오래 혼자 살았는데 사라가 마음에 들었다는 것이었다. 마음이 흔들리고 있으니 이성이 틈을 타 유혹으로 다가오고 있었다.

그러던 중 사라의 마음에 들어온 또 다른 사람이 있었다. 상당한 학식을 갖추고 혼자 사는 남자였다. 간이 좋지 않아 건강이 늘 염려되는 사람이었다. 모성 본능이 발동해 과일과 채소로 만든 녹즙을 보내 주기도 했다. 알 수 없는 이끌림 속에서 그는 한동안 사라의 마음 한 자리를 차지하고 있었다.

흔들리는 마음

사라는 기관 근무를 마치고 교화기관의 부교역자로 3년간 근무했다. 그리고 다시 독립 교화기관의 책임자가 되었다. 모두 서울에서의 일이었다.

사라가 하는 일은 주로 신자들의 애경사를 담당하는 것이었다. 특히 초상이 나면 종교 의식이 따랐고, 그 의식 뒤에는 금전이 함께 움직였다. 신자의 경제적 능력에 따라 차이는 있었지만 적잖은 돈이 들어왔다. 그 돈으로 건물 유지비를 충당하고, 일정 퍼센트는 본부에 올려보내야 했다. 금액은 등급에 따라 달랐다. 도시냐 농촌이냐, 부자 교회냐 가난한 교회냐에 따라 차이가 있었다.

사라가 교역에 임하는 데 별다른 어려움은 없었다. 때맞추어 행사가 있었고, 기쁜 날에는 기쁘다며 헌금이 들어왔고, 슬픈 날에는 가신 분의 행복을 빈다며 돈이 들어왔다. 가끔은 의식에 필요한 물품을 신자들이 기부해 주기도 해서 크게 부족함은 없었다.

겉으로는 더없이 좋아 보였다. 그러나 안으로는 점점 피폐해져 갔다. 아무리 위대해 보이던 교리도 현실 앞에서는 무력했다. 어디로 갈지 모르는 뜬구름처럼 이리저리 흘러 다니다가 어느 순간 멈추어 서는 기분이었다.

전일한 마음으로 살지 못했다. 알 수 없는 방랑 속에서 정신은 늘 떠돌았다. 이렇게 사는 것이 무슨 의미가 있을까. 남들 눈에는 잘 살고 있는 듯 보였지만 사라에게는 모든 것이 가식처럼 느껴졌다. 멈추고 다른 길로 가고 싶었지만 그럴 용기가 나지 않았다.

무엇인지 알 수 없지만 뿌리를 찾아 헤매는 느낌이었다. 사라의 마음을 붙들어 둘 그 무엇을 찾아 나섰다. 어머니가 살아 있을 때는 흔들리지 않았는데 지금은 완전히 부초처럼 떠돌고 있었다.

그때 한 사람이 사라의 마음에 들어왔다. 간이 좋지 않아 얼굴빛이 늘 검게 변해 있던 남자였다. 사라는 그를 보면 왠지 지켜 주어야 할 것 같은 마음이 들었다. 그는 다른 종교의 독신 교역자였고, 묘한 동질감 속에서 서로 끌리기 시작했다. 보지 않으면 보고 싶고, 막상 보려 하면 서로 바빴다. 시간이 없을 때는 전화로 안부를 주고받았다. 그는 연상의 남자였고, 상고사에 깊은 관심을 가진 사람이었다. 함께 역사 공부를 하며 알게 되었다. 처음에는 그의 박식함에 마음이 끌렸고, 나중에는 좋지 않은 건강 상태가 마음을 더 쓰이게 했다.

몇몇이 함께하던 상고사 공부는 우리 역사를 넓게 바라보는 계기가 되었다. 환단고기의 기록을 두고 위서라 말하는 이들도 있었지만 중앙아시아에서 시베리아, 만주, 한반도를 거쳐 북미 대륙까지 이어진다는 광활한 역사관에 한편으로는 자긍심도 생겼다.

그러다 문득 사라는 이상한 생각이 들었다. 공부를 하다가 이성에 끌린다는 것이 이토록 낯설고 묘한 일인가. 10대에도, 20대에도 느껴보지 못한 감정이 30대에 들어와 조용히 고개를 들고 있었다.

선비의 영향이 워낙 컸던 탓에 남자에게 거의 관심이 없던 사라는 이제 한 종교의 교역자가 되어 이성에 눈을 뜨는 자신이 이해되지 않았다. 평생 혼자 사는 것에 대해 걱정해 본 적도 없었는데 왜 이렇게 되었는지 스스로에게 물었다. 혼자 살아야 교역을 이어갈 수 있다는 관습이 뿌리내린 교단 현실 앞에서 사라의 갈등은 점점 깊어졌다. 그렇다고 그 남자와 한평생을 함께하겠다고 말할 수도 없었다. 마음은 이미 흔들리고 있었지만 아직은 어디에도 닿지 못한 채 그저 길 위에서 서성이고 있었다.

넘지 말아야 할 선

그런 갈등 속에서 대학교 1학년 촛불서원식 때 함께 입장했던 짝 꿍이 군 제대 후 교단으로 돌아왔다. 그는 사라가 소년원에서 사흘 간 특별 수련을 하던 때에도 참여해 주었고, 강단에서 아이들을 향해 강연하는 모습이 무척 인상적이었다고 말했다. 그가 사라에게 관심을 보이고 있다는 것을 느낀 지는 오래되지 않았다. 무엇보다 여섯 살이나 어렸기에 애초부터 사라의 관심 밖에 있던 존재였다. 그러나 그는 쉽게 물러서지 않았다. 끈질기게 마음을 표현해 왔다.

둘은 단성사에서 상영하던 영화 아마데우스를 함께 보러 갔다. 이 영화는 천재 작곡가 볼프강 아마데우스 모차르트와 그를 질투하며 파멸해 가는 안토니오 살리에리의 이야기를 그린 작품이었다. 실제 역사라기보다 살리에리의 시선을 통해 재구성된 이야기였고, 범재가 천재를 바라볼 때 느끼는 고통을 깊이 있게 담아낸 영화였다. 영화 속에는 '피가로의 결혼', '돈 조반니', '레퀴엠' 같은 음악이 흐르며 두 사람의 대비를 더욱 또렷하게 보여 주었다.

영화에 빠져 있던 순간, 그의 손이 조심스럽게 사라의 손 위에 얹혔다. 사라가 깜짝 놀라 손을 빼자 그는 다시 더 단단히 잡았다. 사라는 가슴이 콩닥거렸다. 이건 아닌데 싶으면서도 영화가 끝날 때까지 두 사람의 손은 그대로 맞잡혀 있었다. 사라는 영화를 보는 둥 마는 둥 했고, 그는 영화보다 사라에게 온통 집중해 있었다. 그의 손은 점점 허벅지 쪽으로 옮겨왔다. 뿌리치면 더 가까이 다가오는 그 손길이 부담스러웠다.

영화 속에서 살리에리는 말했다.

"나는 세상의 모든 평범한 사람들을 대변한다네. 나는 그들의 챔피언이자 수호성인이지."

그리고 또 말했다.

"세상의 모든 평범한 사람들이여, 내가 너희를 사하노라."

살리에리는 결국 자신이 천재가 아니라는 사실을 받아들이며 무너져 갔다. 그리고 마지막에 울려 퍼지는 모차르트의 웃음은 죽어서도 사라지지 않는 천재의 세계를 남겼다. 영화가 끝난 뒤에도 사라의 마음은 쉽게 가라앉지 않았다.

서서히, 그러나 분명하게 그와의 관계는 뜨겁게 타오르기 시작했다. 정확히 말하면 오랫동안 눌러 두었던 감정이 한꺼번에 터져 나온 것이었다. 그의 오래된 갈망과 사라가 외면해 왔던 인간적인 욕망이 겹쳐지며 마침내 넘지 말아야 할 선을 넘고 말았다. 틈만 나면 만나 서로를 찾았고, 무언가 단단히 막혀 있던 것이 뚫린 듯 가슴이 후련하기도 했다. 그러나 동시에 혼자 살기로 정해진 삶 속에서 이런 사랑을 이어가도 되는지에 대한 갈등이 깊어졌다.

이성에 대한 경험이 거의 없었던 사라는 이 관계가 어떤 결과를 가져올지 제대로 알지 못했다. 성교육조차 받아 본 적 없었으니 결과는 어쩌면 이미 정해져 있었는지도 모른다.

있어야 할 생리가 오지 않았다. 설마 했지만 결국 임신이었다. 시간이 흐르면서 뱃속의 생명은 날마다 자라고 있었다. 축복이라기보다 감당하기 어려운 현실로 다가온 임신이었다. 교단 안에서는 더 이상 머물 수 없었다. 제도적인 보호도 도움도 없는 상황이었다.

사라는 막막했다. 이 길을 어떻게 걸어가야 할지 앞이 보이지 않았다. 그것도 혼자서 한 생명을 책임져야 하는 일이었다. 고민 끝에 사라는 결국 수술을 결심했다. 사복으로 갈아입고 산부인과로 향했다.

전후 사정을 설명하고 수술을 결정한 뒤 수술대에 올랐다. 아랫도리를 벗고 다리를 벌린 채 누워 있는데 의사가 준비를 마치고 집도를 하려는 순간, 사라는 갑자기 입을 열었다.

“아… 이것은 아닌 것 같습니다.”

순간의 결정이었다. 자신의 선택에 대한 책임을 지고 살아야 한다는 생각이 그 어떤 두려움보다 앞섰다.

사라는 결국 수술을 중단했다. 의지할 사람은 아무도 없었다. 남을 이끌던 자리에서 이제는 스스로를 감당해야 하는 처지가 되었다. 30대 후반, 원하지 않은 임신. 그것도 평생 독신을 서약한 수도자의 몸으로 맞이한 현실이었다. 그럼에도 불구하고 이 생명 앞에서 더 이상 물러설 수는 없었다.

참성단의 비바람 속에서

결국 몸에 주홍글씨를 새기듯 사라는 교단을 떠나기로 했다. 그토록 원하던 길이었지만 끝까지 가지 못했다는 아쉬움이 남았다. 그러나 무엇보다도 혼자서 새 생명을 감당해야 한다는 책임이 더 크게 다가왔다.

마지막 집회시간이었다. 사라는 신자들에게 작별인사를 하며 떠나야 함을 고백했다. 정들었던 이들은 십시일반 돈을 모아 건넸고, 동문수학했던 동지가 마지막 길을 배웅해 주었다. 그렇게 사라의 30대는 한 갈래에서 마무리되었다.

그러나 그 동지는 관할 교구장의 제자였기에 큰 꾸지람을 들어야 했다. "몹쓸 년을 배웅한다"는 말이 전화기 너머로 들려왔다. 그 말은 사라의 가슴을 깊이 파고들었다. 너무도 서러워 눈물이 조용히 흘러내렸다.

사라는 작은 이불 하나와 가방 하나를 챙겨 들고 택시에 올랐다. 목적지는 없었다. 교단을 떠나는 길, 그저 서울을 벗어나야 한다는 생각뿐이었다. "어디로 모실까요?"라는 기사님의 물음에 사라는 잠시 망설이다 강화도를 말해 보았다. 괴나리봇짐 하나 들고 어디론가 떠나는 자신의 모습이 얼마나 낯설었을지 스스로도 알 수 없었다.

마니산 아래 허름한 마을에 내려섰다. 웃채는 청기와집이었고, 아랫채는 길게 이어진 창고 겸 사랑채 방 하나가 딸려 있었다. "안에 누구 계세요?"라는 물음에 부시시한 얼굴의 60대 아주머니가 나왔다. 사정 이야기를 들은 그녀는 아랫채 방을 내어주며 군불을 때고 자리를 내어주었다. 그 따뜻함이 사라에게는 무엇보다 큰 위로였다.

아주머니는 사라의 밥을 챙겨 주었고, 마음을 놓으라며 조용히 곁을 지켜 주었다. 밤이 되면 사라는 방 안에서 홀로 기도를 했다. 앞으로 어떻게 살아야 할지, 어떤 길을 가야 할지 알려 달라고 빌고 또 빌었다.

그러다 헌 노트 한 권을 발견했다. 사라는 밤새 글을 써 내려갔다. 멈추지 않고 이어지는 문장들 속에서 울기도 하고 멍해지기도 했다. 한 권을 가득 채운 글은 마치 한 편의 소설 같았다. 그러나 끝내 그 노트를 군불 아궁이에 넣어 태워 버렸다. 남겨 둘 수 없는 시간처럼, 붙잡을 수 없는 마음처럼.

며칠이 흐른 어느 날, 방 옆 창고 문이 살짝 열려 있는 것을 발견

했다. 문을 닫으려다 안을 들여다본 순간 사라는 숨을 삼켰다. 삼지 창과 작두, 방울과 북이 어지럽게 놓여 있었다. 웃채의 아주머니는 무당이었다. 지금은 신방을 접고 살고 있지만 그 삶의 흔적이 그대로 남아 있었다.

그녀 역시 많은 이야기를 품고 있는 사람이었다. 긴 담뱃대를 물고 한숨을 쉬던 모습 속에는 말로 다 할 수 없는 시간이 담겨 있었다. 그럼에도 사라를 보면 먹을 것을 챙겨 주고, 가끔은 조용히 삶의 이야기를 들려주었다.

"아주머니, 오늘은 참성단에 다녀오고 싶어요."

사라의 말에 아주머니는 산이 험하다며 만류했지만 결국 허락해 주었다.

마니산을 오르는 길, 처음에는 잔잔했지만 정상에 가까워지자 갑자기 거센 비바람이 몰아쳤다. 몸이 휘청거릴 만큼 강한 바람 속에서 겨우 발걸음을 옮겼다. 참성단이 눈앞에 보였지만 관리인이 더 이상 올라갈 수 없다며 길을 막았다.

"제가 죽을지 살지를 하늘에 여쭈어 보러 왔어요. 잠시만 허락해 주세요."

간청 끝에 잠시의 시간이 주어졌다.

참성단에 도착한 사라는 돌 위에 무릎을 꿇었다.

"하늘이시여, 이 생명과 함께 생을 마감하오리까, 아니면 이 생명과 함께 살아 남으리이까."

기도를 올리는 순간 뜨거운 눈물이 흘러내렸다. 비바람에 젖어 있던 몸의 한기는 사라지고, 알 수 없는 따뜻한 기운이 온몸을 감싸기 시작했다.

그때, 어디선가 한 마디가 들려오는 듯했다.

"죽을 힘과 용기가 있거든 반드시 살아 생명을 거두어라."

그 말은 사라의 깊은 곳에 오래 남았다.

지장보살의 헌신

사라는 마니산 아래에서 한 달여를 보냈다. 무당 아주머니의 도움은 매우 컸지만 그곳에서 아이를 낳을 수는 없었다. 그녀의 응원은 큰 힘이 되었다. 둘은 친구처럼, 때로는 모녀처럼 지냈다.

병원 정기검진은 호사스러운 이야기였고 사라는 출산이 임박해서야 병원을 찾았다. 읍내에 있는 병원에 등록을 했고 수술 날짜를 잡았다. 그리고 병원이 가까운 읍내에 빌라를 달세로 얻었다. 틈만 나면 정성을 다해 기도를 했다.

어느 날, 대문을 두드리는 소리가 났다. 전국 산천을 돌고 돌아 끝내 사라를 찾아낸 사람은 지장이었다. 익숙한 목소리였지만 미안한 마음이 앞서 기쁜 얼굴로 문을 열 수는 없었다.

문을 열고 들어온 지장은 돌아누워 있던 사라에게 큰절로 인사를 했다.

"천하 만민이 당신을 욕한다 해도 저는 생명을 지켜 준 당신을 존경합니다."

이 한 마디는 모든 것을 덮고도 남는 큰 법문이었다. 사라의 선택을 온전히 받아 준 그 말 덕분에 사라는 다시 일어설 수 있었다.

지장은 간호사였으나 사표를 내고 사라 곁으로 왔다. 열두 살 차이의 띠동갑이었고, 예비수련기 시절 대학 교정에서 맺어진 인연이었다. 독실한 크리스천이었지만 사라를 깊이 아꼈다. 종교는 달랐지만 마음은 하나였고, 전생에 부모와 자식이 아니고서는 설명하기 어려운 인연 같았다.

그녀는 아이가 만삭일 때부터 출산을 거쳐 백일이 조금 넘을 때까지 엄마와 아이를 헌신적으로 돌보았다. 아이를 품에 안아 지켜 준 은인이었고, 군위댁을 닮은 또 하나의 어머니였다.

가을바람에 갈대가 우수수 소리를 낼 때에도 그녀는 사라 곁에 있었고, 폭설이 쏟아지는 날에도 두 사람을 지켜 주었다. 아이의 기저귀를 빨아 백옥처럼 삶아 널어 주었고, 사라가 우울해질까봐 일부러 재롱을 부리고 장난을 건넸다. 유모차를 밀고 셋이 시골길을 걸을 때면 들꽃을 꺾어 아이에게도, 그리고 어미인 사라의 머리에도 조용히 꽂아 주었다.

아이가 백일이 다 되어 가도 사라의 의식 속에서는 여전히 교역자의 삶이 남아 있었다. 아기는 마치 다른 사람의 아기처럼 느껴졌다.

어느 날 길을 걷는데 누군가 "아줌마, 물건이 떨어졌어요."라고 말했다. 아줌마는 한 명도 없는데 누구를 부르는 것인지 의아해 뒤돌아보니 그곳에는 지장과 사라뿐이었다. 그제야 "아하, 내가 아줌마였구나." 하고 자신의 현실을 깨닫게 되었다. 그래서 지장은 늘 사라를 "아줌마"라고 부르며 미안해했다. 사라를 현실에 적응시키기 위해 부단히 애쓰던 그녀였다.

아침부터 밤까지 모든 일을 도맡아 하던 그녀가 어느 날 편지 한 장만 남기고 바람처럼 사라졌다.

제가 더 곁에 있어 드리고 싶지만 떠나는 것이 더 도움이 될 것 같아 총총히 떠납니다. 아기랑 둘이 힘차게 살아가실 거라 믿고 갑니다. 또 뵐 날을 기다리며. -지장 올림

사라는 편지를 보는 순간 엄마를 저승으로 보내는 느낌을 받았다. 지옥에 빠진 중생을 구제하듯 사라를 돌보아 주던 그녀가 떠나 버렸다. 사라는 종일 울고 또 울었다. 그녀가 보고 싶고 의지하고 싶어 견딜 수가 없었다. 마니산 정상의 잔설도 녹기 전에 그녀는 떠났고, 사라의 홀로서기가 시작되었다.

사라는 마음속으로 다짐했다. 내가 이 생명을 책임지리라. 아기를 먹이고 입히고 기저귀를 갈아 주는 모든 일을 이제는 직접 해야 했

다. "아줌마"라는 소리도 점점 익숙해졌고 아기의 볼에도 살이 조금
씩 붙기 시작했다.

강을 건너는 법

지장이 곁을 떠난 뒤, 사라는 아이를 키우고 먹고살기 위해 일자리를 찾아야 했다. 마냥 넋을 놓고 있을 여유는 없었다. 교화와 가장 닮아 있는 일은 교육이었다. 마침 일간지에는 새로운 교육이론을 소개하며 프랜차이즈 기관을 모집한다는 광고가 실려 있었다. 무엇을 따져 보고 결정할 여유도 현실적인 여유도 없었다. 교역자로 살 때는 믹을 것과 입을 것을 걱정하지 않았지만 자연인으로 돌아와 보니 모든 것을 스스로 해결해야 했다.

교육을 받으려 하니 핏덩이 아이를 맡길 곳이 없었다. 하는 수 없이 언니에게 부탁했다. 언니는 급히 내려와 국내선 비행기를 타고 아이를 데리고 갔다. 비행기 안에서 자지러지게 우는 아이를 달래느라 혼비백산했고, 동승자들에게도 큰 민폐가 되었다. 교육이 끝나자마자 사라는 다시 아이를 데려왔다.

그리고 작은 학원을 월세로 얻어 문을 열었다. 낮에는 이웃 아주머니 댁에 아이를 맡기고, 저녁이면 다시 데려왔다. 천기저귀에 대소변을 받아냈기에 밤이면 기저귀와 아이 옷을 삶아야 했다. 혼자 아이를 키우는 일은 생각보다 훨씬 버거웠다. 때로는 화장실에 가는 일조차 쉽지 않았다. 밤낮없이 이어지는 고단함 속에서도 사라는 이것이 스스로 감당해야 할 몫이라 여기며 묵묵히 견뎌 냈다.

아이는 돌이 가까워졌지만 호적에도 올리지 못했다. 병원에 가는 일도, 앞으로 학교에 보내는 일도 막막하기만 했다. 종교도 사회도 미혼모에게는 가혹했고, 사람들의 시선은 더욱 따가웠다. 낮에는 아이들과 학부모를 만나느라 그럴 겨를이 없었지만 밤이 되면 모든 것이 밀려왔다.

갈수록 태산이었다. 열심히 산다고 해서 모든 것이 해결되는 것은 아니었다. 다행히 수입은 조금씩 자리를 잡아갔지만 밤이 되면 노곤한 몸을 눕혀도 쉽게 잠이 들지 않았다.

어느 날, 비가 쉬지 않고 쏟아졌다. 창문을 때리는 빗소리가 이상하리만큼 사라의 마음과 닮아 있었다. 비도 울고, 사라도 울었다. 이 어린 아이와 단둘이 이 험한 세상을 어떻게 건너야 할지 생각하니 눈물이 멈추지 않았다. 아이에게는 세상을 버텨 낼 울타리가 필요했다.

결국 사라는 아이의 아버지에게 연락을 했다. 혼자서는 이 강을 건널 수 없다는 것을 인정할 수밖에 없었다.

"혼자 이 강을 건너려 했지만 도저히 안 되겠어요. 우리 결혼할까요?"

그는 흔쾌히 받아들였다. 그렇게 간단한 일이었는데, 왜 그토록 혼자 버티려 했을까.

아이가 첫돌을 넘기고 두 사람은 결혼식을 올렸다. 사라가 지도 교역자로 인연을 맺었던 서울대 종교동아리 학생들이 여남은 명 찾아와 주었다. 어떻게 알고 왔는지 그 얼굴들이 눈물나게 고마웠다. 수도자가 신부 화장을 하고 하얀 드레스를 입은 채 그들 앞에 서 있는 모습이 스스로에게도 낯설고 또 아득하게 느껴졌다. 사람의 삶은 참으로 알 수 없는 방향으로 흘러갔다.

학생들은 돈을 모아 축의금을 건넸고, 사라는 그들에게 교통비와 식사비를 챙겨 주며 돌려보냈다. 그 따뜻한 마음이 새로운 길을 내딛는 발걸음에 힘이 되어 주었다.

아이의 아버지는 친구가 많았다. 어릴 적 꾀복쟁이 친구부터 군대 친구까지 백 명이 넘었다. 그들은 짓궂게도 신부의 노래를 들어야 신혼여행을 보내 주겠다고 했다. 그러나 사라는 노래를 불러 본 적이 없어 아는 가요가 거의 없었다. 결국 신랑 신부가 함께 유심초의 '사랑이여'를 불렀다.

신랑이 대부분을 불렀고, 사라는 입만 겨우 따라 움직였다. 친구들은 한 곡으로는 부족하다며 끝내 놓아주지 않았다. 사라는 결국 '반짝반짝 작은 별'을 불렀다. 그것도 모자라 영어로 한 번 더 부르라는 장난까지 이어졌다. 그렇게 웃음과 소란 속에서 피로연은 끝이 났다.

사라는 스스로에게 물었다. 다시 반짝이는 별처럼 살아갈 수 있을 것인가. 종교라는 큰 제도권 안에서 살 때는 온실 속 화초와 같았다. 그러나 제복을 벗고 세속으로 나와 살아 보니 거친 황야에서 비바람을 맞으며 우산도 없이 걷는 느낌이었다. 그래도 결혼이라는 또 하나의 사회적 제도 속으로 들어서자 새로운 울타리가 생겼다. 비록 낡고 험한 울타리였지만 혼자 가는 길보다는 덜 위태로운 길이었다.

교단에서는 온갖 풍문이 떠돌았다. 욕을 하는 사람, 돌멩이를 드는 사람, 손가락질하는 사람, 무관심으로 일관하는 사람…. 각자의 수준과 생각에 따라 저마다의 판단을 쏟아냈다.

문득 간음한 여인과 예수의 이야기가 떠올랐다. 서기관들과 바리새인들이 간음하다 현장에서 붙잡힌 여인을 예수 앞에 끌고 왔다.

"모세의 율법에는 이런 자를 돌로 치라 했는데, 예수 당신은 어떻게 하겠소?"

돌로 치라고 하면 사랑과 용서를 말하던 가르침과 모순되고, 치지 말라고 하면 율법을 부정하는 셈이 된다. 한참 후 예수는 이렇게 말했다.

“너희 가운데 죄 없는 자가 먼저 이 여인에게 돌을 던져라.”

그러자 사람들은 하나둘 자리를 떠났고, 예수와 여인만 남았다. 예수는 말했다.

“나도 너를 정죄하지 않는다. 다시는 죄를 짓지 말고 잘 살아라.”

사라는 종교는 달랐지만 마치 그 여인처럼 몰매를 맞아야 했다. 인연 따라 살게 된 것뿐인데 큰 죄를 지은 사람처럼 손가락질을 받았다. 결혼하지 못하도록 묶어 놓은 종교의 관습을 어긴 것이 죄라면 죄였다.

그러나 마흔의 나이에 속세로 나와 다시 삶을 살아야 하는 사라에게는 남의 평판을 따질 여유가 없었다. 어머니와 아버지도 일찍 세상을 떠났고, 경제적으로 기댈 곳도 없었다. 형제자매들이 결혼식 때 십시일반 모아 준 돈으로 겨우 살림을 꾸렸다. 살림이라 해봐야 이부자리 한 채와 냄비 몇 개, 그릇 몇 개, 수저 몇 벌이 전부였다. 얻어먹는 삶에서 벌어먹는 삶으로의 대전환이 시작되었다.

밥은 참으로 위대했다. 먹지 않으면 살 수 없는 밥 한 그릇 속에는 우주가 담겨 있고, 각자의 인생이 담겨 있었다. 철학이니 종교니 문학이니 하는 것들은 모두 그 뒤에 있었다. 밥이 먼저였다. 밥을 정당하게 벌어먹고 사는 것이야말로 도를 얻는 지름길이었다.

아이는 점점 자랐다. 밤에 잠버릇이 좋지 않아 낡은 자동차를 타고 비포장도로를 한 바퀴 돌아야 겨우 잠이 들었다. 낮에는 학원 일을 하고, 밤에는 집안일과 아이 돌보는 일을 해야 했다. 잠자는 시간 외에는 쉴 틈이 없었다.

교육과 교화는 다른 듯하면서도 닮아 있었다. 종교의 교화는 봉사를 하면 보시나 헌금이라는 형태로 재화가 주어졌고, 교육은 가르친 만큼 정해진 교육비를 받는 일이었다. 두 일 모두 사람을 이롭게 한다는 점에서는 같았다.

굶어 죽으라는 법은 없는지 학원은 제법 잘 운영되었다. 한창 붐이 일던 영재교육을 시작한 것이 주효했다. 하루 종일 아이들을 맡아 돌보는 방식이 아니라 일주일에 한 번씩 시청각 자료를 활용한 수업을 진행하는 구조여서 좁은 공간으로도 충분했다. 자본이 없는 사라에게는 가장 효율적인 방식이었다. 50분 수업으로 유치원 종일반에 준하는 교육비를 받을 수 있었고, 교사도 여러 명 둘 필요가 없었다. 작은 공간 한편에 주방 겸 골방을 만들어 생활했으니 유지비도 적게 들었다.

그러나 하루하루는 전쟁과 같았다. 새벽에 일어나 학원 청소를 하고, 아이 용품을 챙겨 이웃 아주머니 댁에 아이를 맡기러 가야 했다. 그 길에 하루 종일 쓸 천기저귀를 가득 담은 가방을 들고 나섰고, 저녁에 돌아올 때는 대소변을 받아 낸 기저귀가 다시 한 가방이 되었다. 밤이면 그것을 삶아 널어 말려야 다음날 다시 사용할 수 있었다.

학원에는 4년제 대학을 나온 선생님을 한 명 채용했다. 단 한 사람이었지만 매우 지혜롭고 가르치는 방법도 뛰어났다. 교재 준비도 성실했다. 덕분에 학원에는 수강생이 꾸준히 늘었고, 수입도 안정적으로 이어졌다.

수도인으로 살 때 사라는 여인들이 아이를 키우고 남편을 뒷바라지하며 빨래하고 설거지하는 모습을 보며, 참으로 보잘것없는 일에 시간을 쓰는 것이라 생각했다. 여성, 특히 엄마이자 아내가 가는 길이 희생과 봉사로 점철된 삶처럼 보여 성평등에도 맞지 않는다고 여겼다. 어릴 적 어머니가 살아가는 모습을 보며 그런 삶을 거부하고 수도자가 되었는데 다시 속세로 나와 아이를 낳고 세속의 삶을 살아야 하는 운명에 놓인 것이다.

젖병을 태우며

강산이 두 번이나 변할 만큼 긴 세월 동안 사라는 밥을 빌어먹고 살아왔던 터라 밥을 벌어먹고 산다는 일은 녹록하지 않았다. 함께 사는 아이의 아버지는 사람으로서는 나무랄 데가 없었다. 매사에 긍정적이고 모든 것에 감사하는 사람, 말하자면 초긍정맨이었다. 외모도 준수해 누구에게나 호감을 살 만한 사람이었다. 그러나 그는 자본주의 사회에 적합한 인물은 아니었다. 돈을 벌 수 있는 재능이나 지략이 거의 없었다. 삶이란 도(道)로 사는 것이 아니라 돈으로 사는 것이라는 사실이 점점 또렷해졌다.

둘 다 종교인으로 있을 때는 신자들이 가져다주는 것으로만 살아왔기에 큰 문제는 없었다. 의식주는 저절로 해결되었고 최소한의 삶은 유지되었다. 그는 늘 얻어먹는 삶에 익숙해져 있었기에 돈을 벌어야 가정을 꾸리고 아이를 키울 수 있다는 가장 기본적인 감각조차 희미했다. 처음에는 삶이 너무 급박해 그런 것까지 따질 여유도 없었다. 그래도 남편은 사라의 가장 가까운 동지였고, 눈물을 닦아 주고 그 눈물을 마르게 한 일등공신이었다.

아이를 키우며 가정 경제를 꾸리기 위해 사라는 최선을 다했다. 직접 부양해야 할 식구들을 위해 자신의 손으로 돈을 벌어야 했다. 짊어져야 할 짐은 크고도 무거웠다. 손에 물 마를 날이 없었고 밥 한 번 여유롭게 먹을 시간도 없었다. 밤에도 편히 잘 수 없었다. 시간마다 깨어 울어대는 아이를 돌봐야 했기 때문이다. 밤을 새워 공부하던 주경야독의 삶이 차라리 쉬웠다고 느껴질 정도였다. 아이를 낳아 키우며 돈까지 벌어야 하는 엄마의 삶은 자신이 어디에 서 있는지도 모를 만큼 고단했다.

큰아이가 세 살이 되자 둘째가 생겼다. 둘째는 태어나면서부터 몸이 좋지 않아 병원을 드나들었다. 길을 가다가도 졸려서 어디든지 머리를 대면 잠이 들 정도로 지친 나날이었다. 젖병을 스무 개 넘게 태웠다. 젖병을 가스불에 올려 놓고 그대로 잠이 들어 불이 날 뻔한 일도 여러 번 있었다. 냄비 속에서 타들어간 냄새가 골방과 학원에 가득 퍼졌고, 숨이 막혀 깨어 보면 방 안은 매연으로 가득 차 있었다.

결혼 후 아이를 키우며 학원을 운영하던 시절은 말로 다 할 수 없는 고난의 시간이었다. 수도인으로 살 때는 주부들의 삶이 하찮아 보였는데 막상 그 삶을 살아 보니 그 여성들의 희생으로 생명이 자라고 가정이 지켜진다는 사실을 깨닫게 되었다. 엄마들은 참으로 위대했고, 때로는 성스럽기까지 했다. 모든 생명의 뿌리이자 우주의 중심은 어머니였다.

문득 오래전부터 입에 맴돌던 노래가 떠올랐다.

"진자리 마른자리 갈아 뉘시며….."

그 한 구절만으로도 가슴이 무너져 내렸다. 사라는 그 노래를 흥얼거리다 끝내 눈물을 흘렸다. 어머니가 우리를 키울 때도 이렇게 살았겠구나 하는 생각이 들었다. 그제야 비로소 알 것 같았다.

사라는 아이를 낳아 기르면서 모든 생명은 어미의 희생 위에서 자란다는 사실을 깨닫게 되었다. 결혼을 하지 않고, 아이를 키워 보지 않았다면 끝내 알지 못했을 삶이었다.

어머니의 자리

사라는 창가에 앉아 곤히 잠든 아이의 숨소리를 듣는다. 방 안에는 방금 태운 젖병의 매캐한 냄새가 옅게 남아 있다. 한때 그녀는 이 냄새가 비루한 일상의 패배 선언이라 생각했다. 거룩한 경전을 읽고 수도복을 입어야만 구원에 이르는 줄 알았기 때문이다.

하지만 이제 사라는 안다. 고름이 터져 나오던 배꼽의 종기를 부여잡고 방바닥을 기어 닦게 했던 그 독한 선녀님의 채찍질이 사실은 거친 세상을 버텨낼 가장 단단한 마음의 근육을 길러 주었음을 말이다. 한때는 증오의 대상이었던 그녀가 이제는 사라의 삶을 벼려낸 차가운 숫돌로 기억된다. 해로운 것에서 은혜가 난다는 '은생어해(恩生於害)'의 진리는 법당의 정적이 아니라 선녀님의 매서운 호통과 차가운 시멘트 바닥 위에서 이미 완성되고 있었다.

종교의 울타리를 넘어와 마주한 세상은 거친 광야였으나 그곳에서 사라는 비로소 진짜 신성을 만났다. 남편과 아이들과 함께 복대기며 살아가는 벌어먹는 삶의 치열함 속에 종교의 진짜 의미가 숨어 있었다. 돌이켜 보건대 빌어먹지 않고 정당하게 벌어먹는 삶, 누구를 속여 먹지 않고 '자리이타(自利利他)'로 살아냈던 삶, 누구에게나 평등한 신성이 있다는 것을 알아 미물곤충에게도 함부로 대하지 않는 삶, 그리고 자연에 기대어 주는 만큼에 감사하는 삶이 최고의 인생이었다.

제복을 입고 끝까지 잘 갔으면 사회적으로는 더 큰 업적을 나투었을 것이지만 생명의 근원을 터득하는 데는 부족했을 것이다. 아이의 기저귀를 삶고 가족의 밥상을 차리는 어머니의 그 굵은 마디의 손이야말로 가장 성스러운 성소(聖所)였음을.

사라는 젖병을 태우는 고단한 밤을 지나며 비로소 깨닫는다. 사라는 이제 과거의 상처를 들여다보며 더 이상 울지 않는다. 그 상처들은 사라를 무너뜨린 흉터가 아니라 오늘을 살게 하는 힘이 되었기 때문이다.

사라는 나직이 읊조렸다. 나를 키운 고통에 감사하고, 그 고통이 결국 나에게 사랑을 가르쳐 주었다고.

잿더미 위에 핀 꽃

사라는 살아오는 동안 직업도 여러 번 바뀌었고, 사는 곳도 자주 옮겨 다녔다. 초본을 떼어 보니 이사만 서른 번이 넘었다. 한곳에 뿌리내리지 못하고 떠돌았던 시간들이었다.

월세에서 전세로, 단독주택에서 아파트로, 다시 다른 도시로 옮겨 다니며 살았다. 서울에서 처음으로 융자를 내어 아파트를 마련했을 때는 세상을 다 얻은 듯 기뻤다. 그러나 오래 살지 못하고 떠나왔고, 그 집값은 뒤늦게 하늘로 치솟았다. 남편은 오래도록 그 일을 가슴에 품고 있었지만 사라는 어느 순간 놓아 버렸다. 붙잡고 있어도 이미 지나간 일이었기 때문이다.

살림은 늘 빠듯했고, 삶은 늘 선택의 연속이었다. 돈이 없어도 땅을 보러 다녔고, 마음에 드는 땅은 살 수 없었고, 살 수 있는 땅은 마음에 들지 않았다. 그러다 어느 산골, 사계절 물이 흐르는 땅을 만나게 되었고 결국 그 땅을 사게 되었다. 비록 값이 싼 시골 땅이었지만 그곳에서 처음으로 '내 땅'이라는 감각을 느꼈다.

남편은 산으로 들어가 농사를 지었고, 사라는 새로운 일을 시작했다. 바우처 사업을 맡아 사람을 모으고 교육을 하며 하루하루를 버텨냈다. 전염병으로 잠시 흔들리기도 했지만 결국 다시 자리를 잡았다. 아이 둘이 대학을 다니던 시절에는 집안의 지출이 끝이 없었지만 어떻게든 감당해 냈다.

세월이 흐르자 아이들은 자라 각자의 길로 떠났고, 남편의 농장에도 열매가 맺혔다. 사라는 일을 내려놓고 가정을 지키는 데 시간을 쏟았다. 뒤돌아보니 그것이 꼭 잘못된 선택만은 아니었다. 힘이 없는 사람은 자신의 삶을 끝까지 책임지는 것만으로도 충분히 의미 있는 일이라는 것을 알게 되었기 때문이다.

어느덧 나이는 종심을 넘어섰다. 억지로 애쓰지 않아도 마음이 제자리를 찾아가는 시간이다. 다시 젊은 시절로 돌아가라고 한다면 사라는 돌아가지 않을 것이다. 그동안의 모든 시간이 지금의 자신을 만들었고, 어떤 상황에서도 스스로를 받아들일 수 있게 해주었기 때문이다.

삶은 길게 느껴지지만 지나고 보면 짧다. 생자필멸, 회자정리. 만남이 있으면 헤어짐이 있고, 삶이 있으면 죽음이 있다.

무언가를 이루기 위해 애쓰며 사는 것이 아니라 하나씩 내려놓으며 살아가는 것이 삶이라는 것을 이제는 안다. 무일푼으로 세상에 나와 막막했던 날들, 수없이 넘어지고 다시 일어나야 했던 시간들 속에서도 사라는 한 가지를 놓지 않으려 했다. 정당하게 살고자 했던 마음, 남을 속이지 않고 살아 보려 했던 마음, 모든 생명이 저마다의 가치를 지니고 있음을 믿었던 마음. 제복은 벗었지만 사는 내내 마음만은 여전히 수도인이었다. 하루하루의 삶이 곧 수행이었고, 살아가는 일이 곧 기도였다.

지금의 사라는 더 이상 무엇이 되려고 애쓰지 않는다. 이미 충분히 살아왔고, 충분히 겪었기 때문이다. 남은 시간은 그저 조용히 살아가면 된다. 바람이 불면 바람을 따라 흔들리고, 햇살이 들면 그 온기를 받으며 흘러가는 시간 속에서 한 걸음씩 걸어가면 된다.

그러다 때가 오면 아무 미련 없이 그저 내려놓고 떠나면 된다.

상처가 나를 살게 했다

초판 발행 2026년 5월 1일
지은이   정영자
펴낸곳   아임스토리(주)
펴낸이   남정인
출판등록 2021년 4월 13일 제2021-000113호
주소   서울특별시 성동구 광나루로 286, 아인빌딩 9층
전화   02-516-3373
팩스   0504-037-3378
전자우편 im_book@naver.com
홈페이지 www.im-story.com
블로그   blog.naver.com/im_book

ISBN 979-11-994285-6-0